〔日〕万城目学 著

万步计

涂愫芸 译

人民文学出版社
PEOPLE'S LITERATURE PUBLISHING HOUSE

著作权合同登记号:图字 01-2020-2000

THE MANPOKEI by MAKIME Manabu
Copyright © 2008 MAKIME Manabu
All rights reserved.
Original Japanese edition published by Sangyo Henshu Center Co., Ltd., 2008
Republished as paperback edition By Bungeishunju Ltd., 2010
Chinese (in simplified character only) translation rights in PRC reserved by
SHANGHAI 99 READERS' CULTURE CO., LTD. under the license granted by
MAKIME Manabu，Japan arranged with Bungeishunju Ltd.，Japan through
Kodansha Beijing Culture Ltd.

图书在版编目(CIP)数据

万步计/(日)万城目学著;涂愫芸译.—北京:
人民文学出版社,2021
ISBN 978-7-02-014886-8

Ⅰ.①万… Ⅱ.①万…②涂… Ⅲ.①散文集-日本
-现代 Ⅳ.①I313.65

中国版本图书馆 CIP 数据核字(2021)第 241300 号

责任编辑　朱卫净　李　殷
装帧设计　汪佳诗

出版发行　人民文学出版社
社　　址　北京市朝内大街 166 号
邮政编码　100705

印　　制　山东新华印务有限公司
经　　销　全国新华书店等

字　　数　70 千字
开　　本　890 毫米×1240 毫米　1/32
印　　张　6.375
版　　次　2021 年 12 月北京第 1 版
印　　次　2021 年 12 月第 1 次印刷

书　　号　978-7-02-014886-8
定　　价　45.00 元

如有印装质量问题,请与本社图书销售中心调换。电话:010‑65233595

目　录

作者序

这本《万步计》是我首次付梓的散文集。

在日本出版的时间是二〇〇八年。这一年，是我出道的第三年，作品还只有《鸭川荷尔摩》《鹿男》和《荷尔摩六景》三本，是个才起步没多久的小说家。

因此，散文内容大部分是非常贴近现实生活的，包括我出道前的事、学生时代的事、家人的事、旅行的事等等。其中，也有几个故事后来成了小说的题材。不过，大致来说都是很可笑的故事。

而这些可笑的故事，有些是在日本的小角落写的，有些是偶尔飞到外面的世界写的。若能博君一笑，就是我最大的快乐。

二〇一三年十月　万城目学

写在前面 | 风吹就写散文

我要写散文了。

写什么呢？我绞尽脑汁，却没想到什么内容，倒是开始认真探讨起自己写散文连载这件事。唉，满脑子浮现的都是"真棘手啊""每次都能写出来吗？"等等不该想的事，就是理不出最重要的文章内容。想着想着，不禁回想起以前期待自己哪天可以开始写散文的日子。突然，有个疑问涌上心头："我开始这样写作的契机是什么？"

沿着回忆，我发现自己写小说的契机，还真的存在。就是某天在路上骑自行车时，一阵凉爽的风吹来，我觉得很舒服，突发奇想："啊！应该把这种感觉写成文字留下来！"那是我二十一岁时的秋天的事了。

这件愚蠢的事，确实是我开始写小说的直接契机，但不是起源。在那之前，我没有没什么事就写点字的习惯。不管风吹得有多舒服，突然让我用房间里的打字机写小说，没道理啊。

所以，我又回到更早之前的记忆。

我的记忆，停在高二的现代文学课。

某天，现代文学课的老师出了一个作业，是关于"发想跳跃[1]"的作业。譬如说，有"风若吹起，木桶店就会发财"这样的谚语。大意是，风一吹尘土便漫天飞扬，造成更多人失明；而盲人所弹奏的三味线乐器之需求量就会大增；制作三味线需要猫皮；所以猫会减少，老鼠会变多；老鼠咬破木桶，木桶店就会发财。这个谚语告诉我们——有些事会带来意想不到的结果。

老师的作业是要我们用"风若吹起，花店就会发财"这个句子，完成发想跳跃。讲义最上面的框框写着"风若吹起"，最后面的框框写着"花店就会发财"，中间有五六格空白框框。老师要我们把那些框框填满，完成"风若吹起，花店就会发财"的剧本。

老师以洪亮的声音宣布："全班写得最好的作品有奖。"学生都大受鼓舞，跃跃欲试。没有人喜欢写作文，却觉得这样的作业很有趣，还可以考验个人的创造力。大家都不想输。瞬间，在大阪乡下的男校兴起了一股创作热潮。

隔天，现代文学课开始前，大家在教室里热络地交换作品相互欣赏。每个人都拼命献宝，吹嘘自己的作品有多荒唐、滑稽和

---

1 "发想跳跃"是取"八艘跳跃"的谐音，"发想"与"八艘"的日语发音同样是"hassou"。八艘是指八艘船。在坛浦之战时，平教经跳到源义经的船上要追杀源义经，源义经一连跳过八艘船的距离躲避攻击，称为"八艘跳跃"。所有注释，除特别注明外，均为译者注。

爆笑。

"这篇怎样？"

"我看看。"我接过隔壁男生塞给我的纸，盯着纸面看，看着看着，不由得大叫了一声"哇！"。纸上写的内容，是把生物课刚学到的知识实时应用之后写成了学术性的循环故事——风一吹，花粉就会到处飞，飞到雌蕊的柱头上，花粉管就会伸出来，制造种子，生长开花，花店就发财了——在这篇作品赢得周遭一片好评时，我悄悄拿出作业讲义放在桌上。我看到这个男生的讲义，会大叫一声"哇"，并不是因为他的创造力令我惊艳，而是因为他写的内容几乎跟我一模一样。

这怎么行！我开始铆足全力，用橡皮擦去铅笔字。多亏看到其他人写法稍微不同的作品，我才能从客观的角度来看自己写的题材。不得不承认，我从中看到自己过度炫耀知识，追求自我满足的丑陋。这种低俗的作品，实在有点交不出去。于是，我开始拼命重写。

但两堂课之间十分钟的休息时间转眼就要结束了。老师即将打开门，进入教室。我在橡皮没擦干净的脏兮兮的纸上，以飞快的速度写下蚯蚓般歪七扭八的字。勉强全部写完后，交出了讲义。等交出去才想到"啊，我怎么会写那么怪异的文章呢？"，但已经来不及了。

然而，一个礼拜后，结果公示，我的作品竟然获得班上第一名。

现代文学课的老师说："万城目，你写的内容非常有趣，放学后来教职员办公室，老师要颁奖给你。"说完就开始上课，完全没有提到我的文章内容。我整个人呆住，心不在焉地听课。

以下是我写的内容——有一对夫妇，老公早上去公司上班。可是风太大，电车停驶，老公就回家了。结果一回到家，便撞见家里有个陌生男子。老公逼问老婆："这小子是谁？你竟敢与奸夫偷情！"老婆干脆豁出去了，厚颜无耻地说："你才是奸夫呢！"暴怒的老公把奸夫和妻子全都杀了。杀死后，把尸体埋在庭院。没想到埋尸体的地方，长出了很漂亮的花。老公就开了花店，卖那些花，没多久就变成了富翁——这么爆炸性的故事，我现在想写也写不出来了。

我自己也不明白，为什么会在短短的五分钟内，刻意选择那么血腥暴力的故事。莫非我也有青春期的烦恼，躲在那样的狭缝里奋战？不过，现在比较令我惊讶的，不是我所写的内容，而是说那篇作品"很有趣"的老师的开阔胸襟。换作是我，现在站在跟老师相同的立场，恐怕不会把奖颁给这么惊悚的作品。

在那之前，我以为我是和"被肯定的文章"无缘的人。每次看完那些与读后感、税金相关作文，在早会上受到褒扬上台领奖状的人所写的文章，都觉得自己不可能写得出来。我还以为正经八百、中规中矩的好孩子的文章，才是"好文章"。而实际上，获得好评的文章也大都如此。

在我那篇怎么看都不太正经的文章被肯定时，我才恍然大悟："啊！原来写这种文章也行。"我还记得很清楚，当时仿佛四周的墙壁突然被拆除般，我终于知道，只要写自己觉得好玩的东西就行了。

放学后，我兴高采烈地去了教职员室，心想奖品会是什么？老师对我说："恭喜你。"并给了我一本汉字练习书。出版社的名字听都没听过，连高中生都看得出来，那是出版社人员给学校的样书。我在心中嘀咕："本钱是零嘛！"有种被狡猾的大人欺骗的感觉。

这样回顾过往，才知道契机是多么偶然的产物。

若不是隔壁的男生把自己写的东西拿给我看，我就不会重写作业，也不会拿到老师的汉字练习书。若少了这次的经验，几年后，当我骑着自行车，起风时，会想到要写小说吗？答案应该是"不"。如果不是当时老师教会我，想写什么就写什么，我现在对文章的认知都还是错误的。

十五年前，现代文学课的老师在我的土壤里播种，几年后在我吹着风骑着自行车时，突然萌芽了。在那之后，又经过了好几年，现在的我开始写起散文。要说契机，应该还是那次作业的"风若吹起"吧？

"风吹就写散文。"

这篇虽然中间写得冗长，又曲折得厉害，但也算是不折不扣的"发想跳跃"吧！

第 1 章

新歌天堂

(*New Song Paradise*)

快坏掉的 Radio 电台 [1]

有一首歌叫作《山羊先生的信》。

在我的记录中，这首歌是世上最有趣的歌曲之一。在心情很好的大晴天哼唱这首歌，会有种被带到遥远宇宙的感觉。就是这么一首名曲。

说到歌词，想必大家都知道。

白色山羊，寄来了一封信。

黑色山羊，没看就吃了信。

没有办法，只好写封信问。

刚才的信，内容是什么呢？

黑色山羊，寄来了一封信。

白色山羊，没看就吃了信。

---

1 此标题来自歌手德永英明的歌《快坏掉的 *Radio*》。

没有办法，只好写封信问。

刚才的信，内容是什么呢？

歌词就是叙述，把收到的信吃掉，再写信问信的内容，只要活着，这种坚韧不拔的往来精神就会持续下去。

可别很不识趣地指出："黑山羊把收到的信吃掉，还勉勉强强说得过去，白山羊把黑山羊回给自己的信吃掉，就有点奇怪了，明明是白山羊自己有事写信给黑山羊啊！"

再怎么说，这都是山羊的故事。举个例子，据说金鱼的大脑只记得三秒钟前的事。在小小的金鱼缸里，有两条金鱼擦身而过。三秒钟后再次擦身而过，对两条金鱼来说，每一次相遇都是新鲜的第一次接触。

每三秒钟，金鱼在鱼缸里就有新的邂逅。山羊也是一样，在收到回信时，已经忘了事情的来龙去脉。所以白山羊和黑山羊永远学不到教训，会把收到的信吃掉，再很有礼貌地写信去询问，不断重复这样的事，这就是大自然的哲理。

想象这种无限的往来，我的大脑就会在不知不觉中浮现层层重叠的圆圈。没多久，圆圈描绘出螺旋形状，逐渐变成银河的漩涡，最后升华成永恒的大宇宙。会让我产生这种感觉的歌仅有一首，就是这首令人敬畏的《山羊先生的信》。

由此可知，歌曲这种东西真的很深奥，可以让人的想象力驰骋到无限遥远的境界。不过，也因为太有魅力，当想集中精神做事时，反而会成为阻碍。

比方说，我在写作时，绝不能听日本人创作的歌曲。听到歌词，我就没办法集中精神写作。就算是我喜欢的"恰克＆飞鸟"也不行，听到歌声我很可能会跟着唱，工作室马上变成"恰克＆万城目＆飞鸟"的演唱会现场。飞鸟的粗犷旋律、恰克的细腻和声，再配上万城目随心所欲的声部变更。忙都忙死了，根本没办法工作！

但也不是没歌词的歌就可以。节奏太慢的话，一不留神就会自己配上歌词，唱起歌来。譬如，《亚麻色头发的少女》这首曲子，给人一口气跳过三个阶梯、忽上忽下的感觉，我非常喜欢，不知不觉就给旋律配上歌词，唱了起来："今天～的晚～餐～到底吃什么呢～老婆。"

这样的歌词，连我自己都觉得配得非常贴切。如果全世界的老公从公司回来时，都唱这首歌给老婆听，中年离婚率保证会降低很多。啊，不能当场唱给大家听，实在太可惜了！

我就是这样，所以写作时用来当背景音乐的曲子必然有限。听歌就要听西洋歌，可是太吵也没办法集中精神，所以最安全的选择就是以快节奏的爵士乐为主。

不过，我对爵士乐几乎没有研究，只能听广播。到了晚上九点，我就会打开收音机，一直听到早上。我选定的频道，不是主流电台，而是地方公共电台。这个电台过了晚上九点，有 DJ 主持的节目就结束了，然后就只播放爵士乐到隔天早上。

每晚都要依赖这个电台，实在不该说忘恩负义的话，可是这个地方公共电台真的很差劲！在深夜不停播放爵士乐、怀旧老歌，我不知道究竟有多少人在听，但是能听出来，电台摆明认为"反正都没人在听"。好比说，深夜两点，曲子会突然中断，从收音机的喇叭传出"嘟、嘟、嘟、嘟、嘟……"的声音。没错，就是 CD 不能读取，音乐卡住了。等了老半天，都没有复原。没办法，我只好先去洗澡。洗完澡后，还是响着"嘟、嘟、嘟……"的声音。百般无奈，正要放弃时，音乐又突然冒出来了。应该是发现异状的相关工作人员，按下了快转键。从"嘟、嘟、嘟……"的声响开始到结束的时间，可能就是相关工作人员从家里起床来广播电台所需的时间。

差劲的不只是晚上。早上七点，DJ 来了，收音机旁若无人的状态，竟然更严重了。这个负责清晨时段的女性 DJ，老是吃螺丝。几乎每念一行稿子，就会吃一次螺丝。听说，人被面朝上地绑起来，水滴不断滴到眉间的话，这个人迟早会发狂。而一行吃一次螺丝，听久了恐怕也很快会疯掉。我向来忍不到十分钟，就会把收音机关了。

到了八点，换成声音比较沉稳的男性，吃螺丝的状况就会好一些。不愧是地方公共电台，会播报与市长围坐对谈的集会时间、体育馆开放讯息，还有"被拿出来法拍的扣押物品积架车，停放在简易庭的车库里，有兴趣的人可以去看看，最低起标价是九十万，但车检已经过期，请自行登记"等等，很多与自身密切相关的消息。

当然，其他时段也是状况百出。例如，有人说话说到一半，突然插进广告；还有被请来当嘉宾的政府防灾课的老兄，谈防灾意识谈到一半，硬是改播音乐，完全不商量，播放到一半又变成了其他节目。这些全被列入"意外"事件也不足为奇的现象，接二连三不断发生，我们这地区的公共电台的调频却继续播放着。

虽有一肚子的不满，但我的目标是"没有广告、没有谈话"的深夜爵士乐时段，所以今晚还是打开了收音机。不过，很想请电台帮个忙，都已经四月了，可不可以别再播圣诞歌曲了？

前几天，我在这台公共电台的调频听到 Bossa nova[1] 的音乐。起初以为是西洋歌，越听越像日本歌。我莫名涌现好奇心，提高音量，就听到这样的歌词：

把人家送的仙人掌吃掉了。

1　为融合巴西森巴舞曲和美国酷派爵士乐的新派爵士乐。

我从不知道大阪腔跟 Bossa nova 原来这么合，听得我如痴如醉。没想到间奏结束后，又是"把人家送的仙人掌吃掉了"的歌词。

结果一整首歌都在唱"把人家送的仙人掌吃掉了"，没有其他歌词。歌曲结束后，DJ 也没有介绍这首歌的意思。那也就罢了，但是居然在最后总结的中途响起了铃声，节目被迫终止在这里。

之后，过了一两天，那句奇幻的歌词就像《山羊先生的信》般，在我脑中萦绕不去。虽然没有《山羊先生的信》那种无限延伸的架构，但把人家送的仙人掌吃掉，跟把信件吃掉一样，都是大问题。而且一首歌里不知道吃了多少次，这可是非同小可啊！

我立刻打开电脑，开始在网络上搜索。

这个时代实在太便利了，只要输入歌词，按下搜索，就能找到要找的歌。

我猜，歌名肯定是《仙人掌》，便锁定这个目标搜索，却看到这首歌的演唱者是支持热带主义运动[1]的大阪独立乐团。而看到歌曲名称时，我更是不禁大叫："被骗了！"接着又大叫："也对啦！"高举双手表示赞同。

这首歌的歌名是——《肚子里的针》。

---

1 Tropicalismo 主要是指在巴西国内外，以音乐表达为主的文艺活动。最初是透过融合巴西音乐、非洲节奏乐、摇滚乐等不同类型音乐而兴起。

亲爱的比利

　　这是十多年前的事了。

　　当时，准备重考的我，正要从补习班回家，走在大阪难波的道顿堀路上。一个头特别大的人，向我走过来。在离我大约一百米远的地方，我就看出这个人的头大到不同凡响。大约距离三十米时，我认出这个人是相声演员西川纪夫。好大的头！全世界大概只有《怪博士与机器娃娃》里的栗头老师或西川纪夫，才有这么大的头吧！

　　半年后，我去看美国歌手比利·乔的演唱会。就在大阪城大厅的灯光乍然熄灭时，乐团奏起音乐，在比利·乔上台前，把整个会场气氛炒得热腾腾。没多久，比利·乔在欢呼声中，从隐藏在舞台中央的阶梯慢慢走上台。我从高一开始就是比利的疯狂粉丝，为了模仿他，我买了乐谱，从零开始学钢琴。在这天的公演会场中，没有人比我更期盼他的出现。然而，就在又矮又胖的比利登上舞台的一刹那，我想的竟是："这是西川纪夫吧？"

　　没错，他的身体、他的脚，都短得不像白人。尤其值得大书特书的是他那颗大脑袋。映在舞台上的影子，分明就是我半年前在道顿堀遇见的西川纪夫！如果我坐在观众席的最后一排，恐怕就算是西川纪夫穿上比利最爱的牛仔裤、深蓝色夹克上台，我也认不出来吧？不用说，当全场欢声雷动高喊"比利!""哇，比利!"时，我不由得大叫："纪夫——!"

今年（二〇〇六年）底，亲爱的比利·乔又要来日本开巡回演唱会了。他跟艾尔顿·约翰一起来日本举办演唱会，已是八年前的事。而我去看的那场他的个人演唱会，已是相隔十一年的事了。

在演唱会现场时，我想，如果将西川纪夫请上台，当成给观众的惊喜，应该会是很棒的笑点。可是，反过来，假如在吉本新喜剧，为了给观众恶作剧的惊喜，请比利·乔化装成怪物Q太郎的模样演出，大家却把他当成真的西川纪夫，不疑有他，那就有点笑不出来了。

新歌天堂（*New Song Paradise*）

　　我在木桶里泡澡，哼着歌，望着天花板时，忽然接到重大任务。

　　这个世界级的大规模任务，就是把人类的睿智封入储存媒体，抛到外太空。

　　可谓人类记忆总决算的种种信息，将经过数字处理，输入世界最大规模、最大容量的存储器。最尖端的科技、人类的历史、世界的语言、世界地图、世界货币、还没有被验证的数学预设问题、绘画、雕刻、建筑、电影、奥林匹克纪录、混合果汁的食谱等等，所有信息都会被灌输进去。

　　在来自世界各国的贤者主导下，任务进行得十分顺利。但是，把存储器安装到火箭上，快到发射日时，出现了非常细微的问题。存储器还有一丁点空白。

　　讨论对策后，大家认为放着空白部分不用有些太浪费了，于是决定输入某人的个人嗜好。基于世界级策划的特性，原本是极力排除个人要素，以全人类的信息为优先，但是贤者们玩心突发，竟然想在最后加入一点点个人嗜好。

这个决定通过时，我正在木桶里泡澡，一个人哼唱着由纪纱织、安田祥子演唱的《土耳其进行曲》。

　　塔巴滴吧滴，塔巴滴吧滴。

我心情大好，用拟声唱法（scat），精神抖擞地演奏着《土耳其进行曲》。贤者们不知道用什么方法，突然跟我通上话了。他说，因为这样那样，存储器多出了一点空白，问我要不要把空白填满？

"不用说你也知道，这是尝试与可能存在于广大的外太空某处的高等生物进行交流的伟大实验，必须尽可能把多样化的信息送到外太空。

"所以，就是你了！只能勉强列入'年轻'范围的你，会在早上醒来时哼唱井上顺的《多谢关照》，又冷不防唱起卡通《Captain》[1]的片头曲，完全没有脉络可循。因此我们决定，就用你个人喜好所选出来的歌曲，把空白填满。

"我们希望你可以尽情选择你喜欢的曲子，但是有个条件。我刚才说过，存储器的容量所剩无几，而且这个策划追求多样化，所

1　改拍自日本漫画家千叶亚喜生的棒球漫画。

以你在选择音乐信息时，同一个歌手只能选一首歌，而一首歌只能选一小节。"

我考虑了一下，觉得很有趣，就对着氤氲弥漫的天花板答应了这件事。贤者说感谢我的协助，希望我能选出极富变化的乐曲，说完就中断了通讯。

我从木桶中爬出来，开始清洗身体。大脑立刻搜寻起即将被当成人类遗产抛到宇宙空间的乐曲。我边搓肥皂泡泡，边想起黄樱[1]的《*Yapapa*》[2]广告歌。整首歌都很轻快、欢乐。但只能从中选一小节是很残酷的要求，我很快就体会到这个任务的难度。

像 TRF[3] 的《*BOY MEETS GIRL*》，主歌中有非常轻快的一小节：

各自地

我可以很快下定论，在所有 TRF 的作品中，我最喜欢这小节。可是不可能所有歌手的歌，都刚好有这么一小节。

看来，我必须静下心来，认真做这件事。于是，我秉持"多样

---

1 日本制造酒类的公司，如黄樱清酒等。
2 卡通广告中的主角是河童（kappa），所以广告歌原来是唱"かっぱっぱ（kappappa）"。但此处因写作关系，而改写成"やっぱっぱ（yapapa）"。
3 日本乐团 TK Rave Factory，是以舞蹈为主的五人团体。

化"的精神，在记忆中从怀旧老歌开始找起。我停下清洗身体的手，竖起耳朵倾听。熟悉的曲子一首一首浮现脑海。不愧是怀旧老歌，还会自动搭配上"唱片大奖""夜晚最受欢迎的播音室""前十名排行榜"等令人怀念的影像。就在我将这些影像快速倒带时，顿然察觉某种定律。我发现，在大脑荧幕播放的，全都是以前的演员张大嘴巴，把声音拉得很长的画面。

比如歌手尾崎纪世彦，在唱《直到重逢之日》时，唱到"两人一起关——上——门——"的"门"，张大嘴巴，豪迈地把麦克风拿得很远的画面；或和田秋子[1]唱到"城镇现——在——"的"在"时，浑然忘我，把麦克风拿得很远的画面。

想到这里，我非常困惑。每首歌，我只能撷取一小节。问题是，想遍古今中外我所喜欢的曲子，凡是印象深刻的画面，全都是歌手唱到浑然忘我，把声音拉得很长的部分。换句话说，歌手浑然忘我拉长声音的部分，就是"副歌"，也就是一整首歌的精华。

但即便是唱歌的人、听歌的人都很陶醉的"副歌"，只从中选出一小节，会怎么样呢？没头没脑从"胜——"开始，又突然中断，谁会知道那是KAN[2]演唱的《有爱必胜》[3]中的"胜"的延

1　日本歌手、演员、主持人、实业家。
2　日本创作歌手，本名"木村和"。
3　张学友曾翻唱成《壮志骄阳》。

伸呢？

说到慢歌，就更复杂了。像布施明演唱的《*My way*》，几乎每个音都拉得很长，听他唱得那么慷慨激昂，实在很难从中挑出"这里应该听得出来在唱什么"的一小节。我心爱的飞鸟就更别说了，他是那种很有个性的鼻腔共鸣嗓音，即使没拉长音，也很像在拉长音。

越想越觉得这个任务困难重重。然而，我还是冲掉身上的肥皂泡泡，再爬进木桶，选了我认为无可取代的一小节。希望我这个选择，有那么一日，会在相隔好几光年的地方，与高智能生命体的听觉感动邂逅。

四千年后。

某天，饲养家畜的男孩，看到不明物体掉落在草原上。他靠近一看，是个跟他的头差不多大的黑色球体，嵌入了地面。

那是二十一世纪的遗物，被贤者抛到外太空，流浪了两千年，又依照当时设定的程序回到了地球。人类的幻梦成空，被发射出去的火箭，花了四千年的时间，在无人的宇宙空间来回，如今地球上却没有人知道那东西的由来。

男孩用手中的棍子，战战兢兢碰触地面上的物体。霎时，那颗球体噗一声裂成两半，还同时发出好几个人的声音，吓得男孩赶紧往后退。那是二十一世纪所有的问候方式。四千年后的男孩，当然没听过这些声音。

安装在球体内部的荧幕，逐一展示了当时的科技水平，但是男孩只对会动的画面产生兴趣，完全看不懂展示的内容。

这时，荧幕旁的喇叭响起了声音。四千年后的世界没有音乐。别说文明早在两千年以前就灭绝了，连语言都快消失了。

男孩听到的声音，跟风声、雨声、羊叫声都不一样，形成他从来没有听过的奇特旋律。

喔——喔——喔——

（摘自长渕刚的《蜻蜓》[1]）

的——

（摘自细川贵志的《北酒场》[2]，歌词"北边的酒馆"的"的"）

der——

（摘自 Alice[3] 的《冬之闪电》，"You're rollin thunder"后面的

1　即为小虎队翻唱的《红蜻蜓》。
2　台湾曾翻唱成《爱的小路》。
3　Alice 是谷村新司与堀内孝雄组成的民歌团体。

"der"）

YAH——YAH——YAH——

（摘自恰克与飞鸟的《*YAH YAH YAH*》）

YA——YA——YA——YA——YA——YA——

（摘自少年队的《假面舞会》）

怕——

（摘自安室奈美惠的《*CAN YOU CELEBRATE*？》中的歌词"好害怕"的"怕"）

唔喔——唔喔——唔喔唔喔——

（摘自职棒阪神虎队的队歌《六甲飐》）

啊——啊——

（摘自美空云雀的《川流不息》[1]）

我发送到遥远外太空的《一小节歌声集》，在草原上没完没了地演奏着。朗朗延续的歌声，就像电影《天堂电影院》的片尾曲。

---

[1] 即江美琪翻唱的《双手的温柔》。

少年看着历经四千年才送达的礼物，不禁泪水盈眶——当然不可能会这样！

"啊，我居然想这么白痴的事想这么久。"我把手从木桶伸出来，发现指腹都已泡到浮肿，好恶心。

"二、四、六、八、十、二、四、六、八、十。"[1]

我数数儿数到十，就从木桶爬出来了。

---

1 "ちゅうちゅうタコかいな"是日本数数儿时配合的韵律。"ちゅう"原来是"ちゅうに（重二）"，也就是扔骰子扔两次，数字都是 2 的意思，所以 $2×2+2×2=8$。8 刚好是章鱼的 8 只脚，"タコかいな"是"章鱼脚"的意思，所以原来的意思是"重二 重二 章鱼脚"，却成了数到十的"2、4、6、8、10"数数儿方式。

从 Cherry 到 CHE.R.RY

听到乐团 Spitz 的《*Cherry*》，我就会想起二十岁的青春；想起从京都贺茂大桥看下去，沿着贺茂川怒放的带状樱花。

当我骑自行车经过贺茂大桥时，不经意往贺茂川的上流望去，看到粉红色的花团锦簇，如烟雾般连绵到天际。我不由得停下自行车，呆呆眺望着那样的风景。

说来奇怪，在那之前，我从没看过樱花这种行道树。我居住的地方、上下学的路上，都没有樱花这种行道树。即便如此，我还是依稀觉得，樱花应该是很漂亮的东西。可是十几岁的男生并不会因为这样，就在春天来临时去赏樱。小学时，我去过知名的大阪造币局的樱花大道，却不记得樱花，只记得排成六大纵队的摊位，浩浩荡荡的大规模。

因此，从贺茂大桥往下看的景色，带给我极大的震撼。我简直就像"发现"了樱花新大陆。

第二天起，骑自行车到贺茂川观赏樱花，成了我的早课。我时而从远处眺望；时而从正下方往上看；时而同时看好几棵。傍晚时分，我想象树下会不会埋着尸体呢？靠近仔细看，才知道樱花原来是十几朵攒簇成团、处处重叠的结构，给人的感觉有点张扬。我不禁皱起眉头。

在樱花凋谢前，我每天都去看，百看不厌。我会在出町柳车站的店家"双叶"买赏樱花吃的糯米团子，坐在樱花树下看书。风一吹，花瓣便如雨纷飞，飘落满地，像群聚的小鱼。

在我心中，那个二十岁的春天景色，是最美丽的京都记忆。那时候，收音机经常播放 Spitz 的《Cherry》。现在听到《Cherry》，我眼前还是会浮现从贺茂大桥看过去的粉红色云朵。当时的氛围充塞胸口，发烧发热，澎湃汹涌。

现在已经过了十年，我最近常听 YUI 的《CHE.R.RY》[1]。我很喜欢听歌手率真地唱出"我喜欢你"的这个部分。所有十八岁的年轻人，听着这首歌，就会觉得今后很可能会发生什么惊天动地的大事。怀抱着莫名的雀跃，开始他们的大学生活。想到这里，我就羡慕得不得了。

歌名念起来同样是《Cherry》，不过这两首歌之间并没有任何关联。纯粹只是十年后，我又在春天喜欢上的一首歌。

有句话说"十年如隔世"。在整理记忆时，十年真的是一个很

---

1 以这样的书写方式来强调 cherry 的酸甜，代表初恋。

好的段落。英文也特地为"十年"创造了"decade"这个单词。不仅是根据十进法，位数会产生变化，在人类长期的时间感觉中，也是恰到好处的时段吧？

于是，我有了这样的想法。

说到生物钟，通常是以一天为单位来思考。但是，我想提出我的论点。人类的生物钟，只能以一天为单位吗？答案是"不"。人类的行动是以一天为单位，所以大家都只注意到这种版本，其实也有以十年为单位的版本。我就模仿超弦理论[1]的相关最新学说"M理论"，把这样的思考称为"b理论"。

为什么叫"b理论"？

因为是b这个字母，让我知道了这个理论的存在。

至今以来，我遇过两次"b"。这个"b"不是普通的"b"，而是命中注定会被错看成"6"的"b"。

我想读者现在一定都是满脑子的问号，所以我要循序渐进说个明白。

与这个特别的b邂逅，要回溯到我高三时的高考。

我还记得很清楚，在写复试的数学考题时，把自己写的"b"看成了"6"，犯下了痛心疾首的错误。

1　英文原文为 superstring theory。

我的英文写得并不快，却还嫌弃草书看起来很蠢。从初中起，我就养成了用正楷写英文字母的习惯。六年来，在与正楷英文字母相处的过程中，从来不曾把自己写的"b"看成"6"，却偏偏在考大学当天，犯下了那样的错误。那道题目三十分。我把"b"看成"6"，"a=b+3"的关系式就变成"a=9"，"c=2a"的关系式就变成"c=18"。

这年的高考我落榜了。进补习班开始准备复读后，我回母校查了高考成绩。我的成绩与最低合格分数只差四分。就因为没有用草写来写"b"，把"b"看成了"6"，我成了复读生。对于将要度过忧郁的复读生活的十八岁而言，这是个很残酷的事实。

那之后，我又用正楷的"b"抄写过好几次笔记，都不曾错看成"6"。为什么那次会犯下这种错误呢？每次想到高考那件事，就觉得很不可思议。

但是，在高考十年后的某天，一不留神，我又犯下了人生的第二次错误。以小说家为志向，没有工作期间，我还边准备簿记资格考试，买了练习题来写。在计算工业领域的在制品库存时，我使用联立方程式来解题。算到中间，察觉前后对不起来，又重头把算式看过一遍。赫然发现从某行开始，"b"变成了"6"。

我不禁感到毛骨悚然。在计算中，我完全没注意到这样的变化。我无意间又把"b"变成了"6"，自然到就和呼吸一样。经过十年的岁月，又突然重复发生同样的错误，我突发奇想，这种行为会不会是生物钟在作祟？这就是"b"理论诞生的瞬间。

在我的正式记录中，第一次确实是发生在十八岁的冬天。但我认为，在我八岁时，肯定也曾经把"b"错看成"6"。像是把香港电影《Mr.boo》错看成《Mr.600》，死乞白赖地说："我想看Mr.600！"爸妈搞不懂我在说什么，就冷冷地回我说："那是什么？不会是又多了一条用长嶋[1]的名字来命名的新干线吧？"由此推测，在三十八岁时，我将会犯下人生的第三次错误，把"b"错看成"6"。接着是四十八岁，再来是五十八岁，然后是六十八岁。在七十八岁犯下第七次错误时，我会找来一堆孙子帮我庆祝。倘若还能迎接八十八岁，我就会在遗书里指定，把"b"当成我的法名，让遗族们大伤脑筋。

听着YUI的《CHE.R.RY》，我就会在心里主张生物钟是以十年为单位的"b理论"。生理时钟的作用，不仅在于肚子会饿、人会醒来。连手指会卡进柱子的边缝，说不定都是在"b理论"的范畴内。好比说，是六十三天十三个小时二十六分钟的生物钟。

前几天，我在读夏目漱石的文库本时，看到书页中夹着粉红色的樱花瓣。

---

1 日本职业棒球选手、教练。

那本是二十岁的春天，我坐在贺茂川河堤上看的书。花瓣飘落时，我正好阖上了书。真的是在大约十年后，我又打开了这本书。我拿起花瓣看看，又放回原处。于是，我有了如下的想法。

十年后，我会再打开这本夏目漱石的文库本。看到花瓣，想起十年前、二十年前的事。到时候，一定又有很好听的歌颂春天的歌大红大紫。关键字当然还是"Cherry"，也可能是一首叫《智惠理》的演歌。在这期间，我又会犯下一次错误，把"b"错看成"6"。

把这些事统统想过后，我翻开了夹着花瓣的书阅读。

然后，再十年，我又会打开夏目漱石的文库本。

要是穿越时空的话

有时我会想，要是能穿越时空回到过去，我会怎么做？

我所说的过去，最好只是短短的二三十年前，而不是战国时代或飞鸟时代那种古代。

拍摄"穿越剧"的电影，一定会有个故事人物，企图利用以前的知识，不劳而获，赚进斗金。譬如，靠结果已经揭晓的比赛，在赌局大捞一笔。电影《回到未来》里的贝夫，就是使用这种手法。他取得未来的运动年鉴，里面记录了目前正在进行的比赛结果，利用这本年鉴赚大钱。

若是穿越时空，我也想变成大富翁。我要利用广场协议、NTT民营化后的股票上市等戏剧性转折点来大发利市，再继续支持赛马Oguri Cap（赛马的名字），赚更多的钱。每到世界杯足球赛时，也可以在国外赌博公司，押注冠军国家。到处收购铁皮玩具、软胶公仔，等待《稀世珍宝开运鉴定团》这个节目诞生，也是一种乐趣吧！

没错，只要认真去做这些事，就能在转眼间变成大富翁。可是，真的穿越时空到过去，我绝对不会采用那些方法。因为把目标都放在股票、赌博等"价值的变化"上，即使一获千金，也只是存折上的金额增加而已。

我要做，就要用更恶劣的手段。重要的不是钱，是社会性。

即使回到过去，身为"社会一员"的人类本质也不会产生任何变化。假设，有人穿越时空回到过去，在那里轻松赚到工作一辈子也赚不到的钱。那接下来呢？不管在兴趣或玩乐上怎么挥霍无度，总会有花不动的时候。人生至少有七八十年。倘若是在三十岁时穿越时空回到过去，就要持续玩四十年，会把人累死的。可是，窝在豪宅里孤独度日更累人。时间多到不知道怎么运用的当事人，大概会开始做些日常活动吧？问题是，已经没必要从事经济活动了。因为开创事业后，不用努力生产致富，只要活用以前的知识，就能不费吹灰之力增加五倍、十倍的资产。

那么，从头开始，参加对资产额不会产生任何加分作用的活动，会怎么样呢？像是做陶艺啦，面对不受控制的泥土，时间旅人在转动陶轮时才惊觉——

"要做这种事不用来这里吧？"

他穿越时空，不是为了来做这种事的，也不是为了与所有人切断关系，孤独地活在过去的。这时他就会知道，重要的不是金钱，而是与社会之间的关联，也就是社会性。

关于这点，不好意思，我倒有个想法。

假设我穿越时空回到了三十年前。

"哇，是三轮汽车！Hi-Lite 香烟一包一百二十日圆！"

我会一边这么惊叹，一边赶去录音室。与在录音室玩乐器的乐团成员们攀谈，然后在他们前面哼唱一首歌，再请他们把歌写成乐谱，弹奏出来。录音后，做成好几盒录音带，寄到唱片公司。

没多久，唱片公司就会给我热烈的回应。所有人都会说"多么创新的歌曲啊！""这是新时代的潮流！"而兴奋不已。当然是这样，因为我寄去的，全都是几年后会创下百万销售量纪录的旋律。

是的，我脑中网罗了八十年代和九十年代所有最受欢迎的歌曲。我要把这些令人陶醉的乐曲记忆，改装成"千变万化的乐感"，杀进音乐界。

这种做法与靠赌博一获千金的最大不同在于，变成大富翁的同时也取得了社会地位。替偶像歌手写歌，还能认识很多可爱的女生。或许要花些时间，才能适应她们蓬松的刘海、粗眉毛、自然化妆法发明之前的化妆方式、现在已经灭绝的装可爱说话方式等等，但我无所谓。

就这样，我会稳稳抓住金钱、名声和女人，还敢大声说："等着吧，唱片大奖！"未来也将再大量制造畅销歌曲。

哎呀哎呀，好长的开场白。

我好歹也是以写作维生的人，站在这样的立场，应该比谁都要注重著作权。在无限扩张的想象中，回溯历史，扼杀他人的著作权，已经够蛮横了，居然还打算把这种事当成赚钱的工具，实在太不知廉耻了！

请大家千万、千万要原谅我。

我明知不应该，却还是要想象这么野蛮的"假设"，是因为有两首"不可能存在于这世上的歌"，被输入了我的记忆里。

该怎么说呢？从很久以前，就有两首被我当成"不朽名曲"的歌，深深烙印在我心中。问题是，我有将近二十年没听过这两首歌了。

第一首有点怀旧的味道，但节奏轻快，是充满欢乐的曲子。感觉很像在六十年代受到披头士的影响，而组成乐团的人所作的歌。如果记忆中还有演唱的画面，应该也是黑白的。

第二首很像大泷咏一的曲调。感觉就像把大泷咏一的《你是天然色》和 Alice 的《不再爱任何人》结合起来。而声线音质就像《红宝石戒指》的寺尾聪，明明是自然演唱，听起来却像经过特殊处理，唱得幽幽淡淡。

两首歌都是日本人唱的，但我不记得歌词了。值得大书特书的是旋律的美妙，真的是很棒的旋律。然而，在经常把过去的畅销金曲拿出来再利用的现今，我却连偶然听见的机会都没有。算起来也不过二十年，怎么会这样呢？

时间不是很确定，应该是小学五六年级的时候吧。

我在"啊，这首歌好好听，是什么歌呢？"的不明歌曲名单中，列入了这两首歌。从初中升高中、大学，随着见闻渐渐广阔，来历不明的歌逐一现出原形。我从小就刻骨铭心的歌，都是名歌星或名作曲家留下来的，包括保罗·麦卡特尼、约翰·列侬、比利·乔、弹厚作、简美京平、大泷咏一[1]……等等。

但是，眼看大学就快毕业了，那两首歌还是顽强拒绝表明身份，连一丝丝的线索都不肯给我。再也受不了的我，终于放下被动的身段，展开了主动攻击的调查。我含羞忍辱地把这两首歌哼给爸妈听。"咦？什么？再唱一次。"爸妈这么要求我五次后，还是抛给了我一句："不知道。"连在双亲面前，都这么害羞了，当然不可能唱给 CD 店不认识的店员听。于是，对于这两首歌中的第二首歌，我决定只要我觉得："会不会是这个人唱的？"就把这个歌手的 CD 借回家，一张张查证。结果借了大泷咏一、寺尾聪[2]、Alice 的好几张精选专辑回家听。那么出色的歌，不可能不收录在精选辑里。所有期待当然都落空了。唯一的收获是，如果有人在卡拉 OK 唱 Alice 的《冬之闪电》，轮到谷村新司唱"You're Rollin' Thunder"时，我可以插嘴唱这句后面的"嗯哈……"。

总有一天，会在哪里听见，然后知道是谁唱的歌吧？到时，

1　日本音乐家，生于一九四八年。
2　日本演员、创作型歌手、贝斯手，生于一九四七年。

我会立刻冲到唱片行买下那首歌，并以欢欣雀跃的心情从头听到尾——从我开始这么想到现在，转眼已经过了二十年。我还清楚记得这两首歌的旋律，随时可以跟背景伴奏搅和在一起哼唱。尽管如此，长久以来我还是没听过这两首曲子。不知不觉中产生了这样的想法："该不会是未来的歌吧？"

像我前面所说那样，绕着"若是穿越时空"的话题东想西想时，这个想法就像副产品般冒了出来。

假设，这两首歌的记忆是我的幻听，我只是把根本不存在的旋律当成了以前听过的歌。那么，这两首歌不就是我的原创曲了吗？而且是绝对会大卖的上等旋律。这简直就像从未来回到过去的人，决心用熟悉的曲子开创一番事业前的状况嘛！

察觉这件事后，我暗自窃喜。心情就像把两个宝物偷偷藏在两个口袋里。

等哪天有机会，我就来尝试作曲。先请专家把我哼唱的两首曲子的旋律编成一首歌，再请很会唱歌的人来唱。

然后，我就等着世人评判，也等法院通知我，说有人提出侵害著作权的诉讼。

如果被告，到时候，我二十年来的疑问就解除了。

如果没有被告，我就在这世上留下了两首美妙的旋律。

在这天来临之前，我会把这两首歌埋藏在心底，永远不会忘记。

第 2 章

喘着气喊荷尔摩

黎明之前

　　日韩世界杯足球赛结束，法国人教练留下"冒险已结束"的名言，离开了日本。这时，在乡下的某工厂，有个年轻人辞去了工作，正要前往东京。

　　他的名字是万太郎。

　　这是一篇一个名叫万太郎的年轻人，辞去公司的工作以后，以小说家为志向，飘浮不定的生活记录。

　　来东京之前，万太郎在地方工厂，从事制造"银座洋葱"的工作。

　　大家知道银座洋葱是什么吗？

　　走在银座的热闹街道上，会看到高级精品店、宝石店、画廊等店面鳞次栉比。走进后巷，还有高级俱乐部、料亭、雅致的小酒吧林立。为什么银座都是那种看起来很昂贵的店呢？因为地价高到没道理。想在银座开店，必须支付全世界屈指可数的高额租金，所以展示橱窗会摆放上百万的宝石；菜单上会有一瓶好几万的酒。不卖高价的东西，这些店家就活不下去。银座的热闹街道当然没有蔬果店，有谁会在那种地方悠闲地叫卖洋葱一颗四十日圆呢？

反看万太郎工作的工厂，虽是在乡下，却特地在车站前那种便利的地方设厂，生产低价的化学纤维，被中国、东南亚的产品压得喘不过气来。工厂的人苦无对策，都愁眉苦脸，几乎死了心，就像在自嘲自己的工作似的，把这种现状比喻成"在生产银座的洋葱"。

在这样的工厂当会计的万太郎，核算成本是他的职务。他向主任说想辞去工作时，主任首先就问他是不是要跳槽。

万太郎缓缓摇着头说："我想当小说家。"

听到这样的辞职理由，主任用手按着额头，哈哈两声，哑口无言。万太郎原本做好了心理准备，以为会被骂"不要胡说八道"，却怎么都等不到这句话。看来，人听到超乎想象的话就会张口结舌。结果根本没谈到什么，主任只说会转告课长，两人的对话便草草结束。

在读大学时，万太郎忽然写起了小说。

究竟是从什么时候开始想写小说的？万太郎自己也不太清楚。只记得准备复读期间，会把"哪天想写成小说的题材"悄悄列在笔记本里。譬如，"奈良兴福寺的阿修罗像，为什么会是那种表情？""大厦阳台外有非拿不可的东西，冒险去拿，结果摔下去了。""超能力者展开对决。他们是靠念力斩断交感神经来杀死对方。在他们的战争中，最重要的是先认出对方。若先被对方认出来，交感神经就会在那一瞬间被斩断，心跳停止。没时间用什么能量波悠哉地打来打去。""某天醒来变成影子的故事""羽柴秀吉下定决心'备中大返'[1]前的心境"等等，全都记在笔记本里，没有特别目的。

　　但进入大学后，随着快乐时光的流逝，那本笔记本很快就被遗忘了。当万太郎想起要写小说，使用 NEC 的"文豪"系列文字处理机，开始别别扭扭地打起字来，已经是进入大学三年半多的时候了。

　　万太郎留级一年后，从大学毕业，进了化学纤维公司。被分配到地方工厂后，还是细水长流般持续写着。万太郎住在工厂里面的单身宿舍。每天都是下午五点半下班，五点四十分回到房间，六点洗澡，洗完澡在餐厅吃饭。

　　万太郎利用晚上充裕的时间，致力写作。然而，星期六睡饱觉，在头脑清醒的情况下，把星期一到星期五累积下来的东西重看一遍，就不得不删掉百分之九十。那些东西根本不能称为小说。过了半年，稿子还是没什么进度。很想专心写作的欲望，在敲着电脑不断反复计算成本的万太郎脑中，一天比一天强烈。

1　一五八二年，原名羽柴秀吉的丰田秀吉，在备战中国高松城时，得知织田信长死于本能寺，便以最快速度与毛利氏讲和，率领庞大军团在短时间内赶回京城讨伐明智光秀。

当初被告知，分配到工厂的两年几个月的时间结束后，将被调派到东京时，万太郎就决心到时候辞职。一旦调到总公司，直到退休年纪，都不可能再有下午五点过后回到家的日子。想到今后的状况会更加艰难，万太郎毅然决然作了决定。

辞职获准后，万太郎开始休假，把剩下的有薪假全都休完。

由于理由是想成为小说家，说出来有点难为情，所以他拜托主任不要公开他辞职的理由，可是这么有趣的理由怎么可能不走漏风声。等他休完长假回到公司，整层楼的人都知道这件事了。连从来没说过话的隔壁科室女生，都冷不防对他说："加油！"他低下头说："谢、谢谢。"对方又接着说："打算写什么？"这让他非常困扰。

在工厂的最后一日，主任送他离开时，拍拍他的肩膀说："要以芥川奖为目标喔！"他心中涌现一股冲动，很想向主任说明芥川奖是什么样的奖，但还是保持大人应有的处世态度，只回答："是，我会以芥川奖为目标。"周遭响起了热烈的掌声。

当晚，万太郎就告别两年三个月的工厂生活，去了东京。

率然以小说家为志向来到东京的万太郎，有个大问题还没有解决。

其实，万太郎到这时候都还没有告诉父母辞职的事。甚至还做出恶劣到极点的事就是——撒谎。说他调派到东京总公司了，在亲戚拥有的东京杂居公寓租了一间房。

离职前，他还告诉父母："七月起，我就会调到菁英汇集的会计部。"父母提出来的问题都很接地气："哪天调过去？""有没有准备好总公司要穿的西装？"等等。万太郎觉得很烦，随便应了几句话就蒙混过去了。

某杂居公寓的最高楼层，成了万太郎的新居。看起来破破旧旧，附近邻居非常吵闹；警车、救护车、消防车的警笛声会在半夜三点响彻马路；房间里有蟑螂飞舞；楼梯中间的平台有老鼠跑来跑去，环境糟得透顶。不过，亲戚对他很好，没向他收房租。这位亲戚当然相信万太郎在东京总公司工作。万太郎把少之又少的行李从宿舍搬过来，迁了户籍，还办了附近超市的积分卡，抱定坚如磐石的决心后，才回大阪把所有事情告诉父母。

在好天气的和煦午后，万太郎回到了老家。打开玄关的门时，母亲正在用吸尘器清洁地板。

"咦，哟，万太郎。"

母亲气定神闲地打招呼。可能思绪还是有些混乱吧？她开始自问自答："咦，今天是假日吗？""应该不是吧？你爸今天早上去公司了。"

万太郎脱下鞋子，开门见山地说出了事实。

"呃，我辞职了。"

"哦。"母亲回应一声，关掉了吸尘器。

"啊，你刚从东京回来，很累吧？"母亲说完，走到厨房，开始泡茶。万太郎在餐桌前的椅子上坐下来，边吃着不知从哪冒出来的糯米团子，边简单扼要地报告。母亲看来不是很关心，只点点头说了句："这样啊。"听完大致上的说明，她就匆匆进了房间，将近一个小时都没出来。看来是在打紧急电话，打给那些闲着没事做的太太们。

晚上父亲回来后，万太郎才正式发表进军小说界的宣言。原本以为父亲会把他骂得狗血淋头，叫他不要做傻事，没想到父亲也跟工厂的主任一样，对他说："那就加油吧！"差点让他不支倒地。

万太郎不禁觉得，他的父母也太好说话了。他自曝靠小说可以维生的二十多岁男人，在日本只有二三十人，试图让父母提出反对意见。偏偏，父母直到最后都是豪气地说："你就试试看吧！"慈祥地把他推往这条路。

这时，万太郎不得不承认，自己有点希望被父母反对，再藉由反驳父母来确认、加强自己的意志。结论是，万太郎其实还是有点想依赖父母。

他对父母说，他只给自己两年的期限。两年后，他二十八岁。这个年纪还来得及再找工作。

"要得到芥川奖喔，万太郎。"

母亲说得天真烂漫，万太郎没有给她好脸色看，完全不想保持面对公司同仁时那种大人应有的处世态度。因为在这里，他可以永远当个"孩子"。

辞去工作一年了。万太郎仍住在杂居公寓的最高楼层，继续过着蛰伏的生活。

万太郎回顾过去一年，所有的时间都投入在写作上，感觉写文章功力有了飞跃的进步。把脑中想的事转换成文字所需的时间，似乎大幅缩短了。但是，不管文字多进步，没有内容还是无意义。

万太郎写了形形色色的作品，不断把这些作品送去参加各出版社举办的文学奖。他的作品涉及多个领域，有的类似历史小说，有的是哈利·波特风，有的是科幻风，有的是"什么都不会发生"的故事。总之，他用尽各种方法持续投稿。但他的作品一篇篇都落选了，甚至连第一次的审核都没通过。看着花半年时间写的长篇小说，沦落到无可奈何的悲哀下场，万太郎真的很痛心。看到在现实社会中奋斗的朋友，他就会想，自己是不是在浪费人生。

"我们会怎么样呢？"

就在这时，万太郎在附近碰到了高中时代的朋友。俩人在非假日的大白天去公园丢飞盘时，他忽然提出了这样的疑问。这个朋友也没工作，跟煞有其事持续写作的万太郎一样，也煞有其事地准备证照考试，其实是成天游手好闲，虚度日子。

"会完蛋吧。"

朋友随口就道破了事实，吆喝一声，将飞盘扔了出去。

万太郎来到东京后，仗着不用付房租的优势，过着完全没有工作的生活，资金来源只有工厂时代的存款。

为了预防运动不足，他偶尔会去五人制足球的社会人士社团，所有人都没发现他没有工作。可是，有时候他会被迫说出这样的事实。

某天，他去银行开户，在被带去的小隔间里，坐着一个貌似章子怡的漂亮女职员。万太郎战战兢兢地递出开户申请书，女职员在画得细细长长的眉毛下，微微挤弄凤眼，检查手中的申请书。

"先生，您没有填职业栏。"

女职员把申请书塞还给他。

非假日的早上十点，穿着运动服，跟老人们一起悠闲地坐着等开户，不用问也知道是怎么回事吧？心里在咒骂的万太郎，用沙哑的声音说："无、无业。"

貌似章子怡的职员皱起眉头，看了一会儿申请书，拿起笔，冷冷地说："请看这里。"

万太郎望向她用笔尖指的地方，看到那里是职业栏，上面写着"上班族""学生""自营业"等项目，就是没有"无业"，所以貌似章子怡的职员的笔是指在"专职主妇"上。

万太郎深感困惑，可是为了在"专职主妇"上的认知不同，跟职员争辩也无济于事。说自己讨厌洗盘子，或说自己不能生小孩，都毫无意义。万太郎默默看着"专职主妇"项目。

"请在这里填'无业'。"

很快又飞来下一句话。填？填在哪里？万太郎循着笔尖望过去，看到"企业名"的格子。"还真严格呢。"他暗自低嚷，在"企业名"的地方，用虚弱无力的笔迹写下"无业"两个字。

"谢谢。"

貌似章子怡的职员接过万太郎递给她的纸，声音听起来很像在生气。

万太郎沮丧地走出银行，感觉就像被章子怡本人骂了一顿。

两年后，万太郎二十八岁了。

知道芥川龙之介是在二十八岁时发表了作品《杜子春》，万太郎不禁对他们之间的悬殊差距感到惊讶。想起横纲[1]大乃国是在

---

[1] 相扑力士的最高地位。

二十八岁已退役，万太郎深深觉得大乃国也未免老得太快了。得知《怪博士与机器娃娃》里的怪博士刚开始是二十八岁，万太郎又觉得博士可以靠发明过生活，是很有骨气的男人，莫名感到佩服。

约定的两年过去了，万太郎在小说上还是没有端出具体的成果，不得不作出什么结论。

为了准备再找工作，万太郎很早就去簿记专门学校上课了。学习簿记是很快乐的事，可是想到自己再回到大阪就业，做着会计工作的模样，就一点都快乐不起来。

剩下的时间有限。

万太郎一边准备执照考试，一边瞪着墙上的月历。即使现在通过新人奖的第一次选拔，也没什么意义，他已经火烧屁股了。不，是肉都快烧焦了！应该说，即使现在通过第一次、第二次或最后一次选拔都没用了。他必须成为所有投稿人中的翘楚，让作品制作成书。也就是说，除了出道外，其他结果都没有意义。

万太郎毅然决定，要大大改变创作方针。用跟以前同样的方法，只会导致同样的结果。事实摆在眼前，这两年不就没有任何成绩吗？

万太郎满脸严肃，视线往下垂，看着文字处理机时，有东西从荧幕后面探出头来。

那群怪异的东西，身长约二十厘米，头长得很像茶巾饺[1]。万太郎把这群稀奇古怪的生物命名为"小鬼"。三只小鬼从文字处理机后面跑出来，在键盘上面玩起跳格子游戏，万太郎很不耐烦地看着它们。这时，他忽然灵光乍现——何不将这些家伙写成小说呢？

万太郎从小就经常看见它们，可周围的人却好像看不见。他曾试着触摸它们，但手竟然直接从它们身体穿过去了。它们不会对他怎么样，所以久而久之，对他来说就成了空气般的存在。

因为太过理所当然，万太郎长久以来都忽视了它们的存在。他合抱双臂，盯着穿过荧幕走开、又从他背后匍匐前进回来的小鬼们，心想为何不尝试着写写这些家伙的故事？

他站起来，走向冰箱，把盒装的葡萄干倒进小盘子，再走回桌子。把小盘子往桌上一放，那些家伙就吱吱叫着，离开了文字处理机。

"解决了。"

赶走妨碍工作的家伙后，万太郎打开文字处理机的电源。

万太郎觉得很不可思议。原来可以写的题材，俯拾即是。然而人们却很难发现这些题材的存在，总要等到自暴自弃、豁出去时才

1　把蒸好或煮好的食材磨碎，用茶道中擦拭茶碗的麻布包起来，像捏小笼包般带有折痕的糕点，就是"茶巾饺"。最常见的口味是芋头和栗子。

会突然察觉。万太郎望向文字处理机，看到两只小鬼在字典上面玩相扑。

他辞掉工作来东京，已经快三十个月了。

在某个寒冬的日子里，万太郎开始写起了这些小家伙们吵吵嚷嚷、横行京都街道的小说。

喘着气喊荷尔摩

　　我买了新书架，先摆上自己写的书看看。却因为只有两本书，看上去实在太凄凉，令我心头一震。

　　不过，增加到两本，还是值得开心的事。想当初，手中只有第一本著作《鸭川荷尔摩》时，日子真的很难熬。好比说，想去房屋中介公司租间房子都有困难。房东怕出租后惹来麻烦，都会请房屋中介公司找身家清白的房客。房屋中介基于工作上的需要，会对我的事打破砂锅问到底。由于我一定要租到房子，所以当房屋中介问我从事什么工作，我就老实告诉他我在写小说。

　　"咦，写什么小说？"

　　"呃，《鸭川荷尔摩》。"

　　这个书名说出来很丢脸，对于第一次见面的人，我不敢说得太大声，还说得口齿不清。日文里并没有"荷尔摩"这个名词，对方当然会露出"咦"的表情，再次向我确认。

　　"鸭川……什么？"

　　"就……就是《鸭川荷尔摩》。"

"鸭川荷尔蒙？"

"不对，是荷尔摩，不是荷尔蒙，是荷尔摩。"

我提醒他，是摩，要把尾音拉长。房屋中介乖乖重复我的话："哦，荷尔摩。"可是他很快就发觉问题还是没有解决，又塞给我下一个难题。

"荷尔摩是什么？"

"就是没办法一句话说清楚，我才写了一本小说。"这样回答好像有点严厉，所以我又不耐烦地说明："所谓的荷尔摩，严格来说就像竞技的一种……"

越解释越觉得不公平，如果我出道时的书不是《鸭川荷尔摩》，而是《热海毒苹果杀人事件》，就不会这样被东问西问，也不必回答"是属于哪一个领域？"这种难题了。

当时我忽然想起以前的事。

以小说家为志向，成天待在屋里没去工作时，只要参加朋友的婚礼，遇到以前的朋友，就一定有人会问："你在写什么小说？"

冷不防被这么问，我也很难描述还在灵感阶段的《鸭川荷尔摩》。一心以为写成一本书，就可以说得清楚了。没想到，真的写成一本书后，还是没办法作任何正确的说明。甚至到最后，还不得不作出这种支离破碎的说明：

"不，不会在鸭川进行荷尔摩，那是一系列比赛的名称。对，说来令人怀念，就像GATT（关税暨贸易总协定）那种意思。"

最后，房屋中介还是满头雾水地和房东取得联络。

"不，不是荷尔蒙，是荷尔摩。对，荷尔摩。"

看他拿着话筒，很正经在解释的样子，我由衷觉得对不起他。

暗自发誓，下次一定要取个比较正常的书名。

一年后，我拿到了期盼中的第二张牌——《鹿男》。

那天的反省，完全没派上用场。

白 花

我从小就常常流鼻血。

太干燥的时候，稍微碰一下鼻子，鼻血就会喷出来，现在偶尔也会。对不起，说来有点脏，我的枕头只要拆掉枕头套，一定会看见黑色污渍。那是我睡着时突然流鼻血，来不及处理的痕迹。开始流鼻血的瞬间，我都会知道。当鼻腔掠过铁一般的味道，就是血管壁破裂的信号。懒得止血时，我会把脸朝上，等到血不再流。可是血流过喉咙的味道很恶心，所以最后我还是会把卫生纸卷起来，塞进鼻子里。

我的鼻子内壁似乎天生就比常人脆弱。我的祖父是耳鼻喉科医生，小学时，母亲总是要求祖父帮我电烧鼻子，把鼻子内侧的皮肤连同血管一起电烧清除。

如果流得太过分，每天都流的话，放学后我就会去找在我家楼下开业的祖父，请他帮我诊疗。他会帮我擦药，跟我说："这样就可以了。"可是在回二楼途中，鼻血又会喷出来，这样就白治疗了。可是我怕折回去会被祖父莫名其妙骂一顿，说我一定是把手指伸进了鼻子里，所以我会默默回到房间，用卫生纸紧紧堵住鼻子。

我想，祖父在附近邻居眼中，应该是个很可怕的医生。我的大学朋友中，有个女生小时候经常去祖父处看病。

"我记得他是很可怕的医生。"这个女生果然这么说。

祖父的确是个很难相处的人，看电视时也会自言自语叨念个不停。

"在时代剧里，生病的主公不是都会说要看窗外，叫人把窗户打开，眺望庭院的雪景吗？只有头上长头发的人才会那么想吧？冬天很痛呢。哪里痛？当然是头会痛啊！太冷时，头皮会痛嘛，怎么可以让感冒的人做那种事，糟透了！"

小学时，我跟祖父一起玩，庭院里突然跑出一条日本锦蛇。我第一次这么近看到蛇，吓得全身僵硬，叫都叫不出来。祖父靠过来看怎么回事，大叫一声："啊，臭小子！"

祖父毫不犹豫地抓住盘蜷在地上的蛇的尾巴，将蛇拉起来。身体几乎有八十厘米长的蛇，抬起头来，像是要确认自己的尾巴怎么了。

祖父抓着蛇走到屋外，立刻把蛇头往柏油路上摔，又很快拉起来，像在挥鞭子般，把蛇用力甩下去。每次蛇撞上柏油路，就会响起饱含水气的啪啪声。

头盖骨被撞碎的蛇翻起白肚，从祖父手中软趴趴地垂下来。我畏惧地看着祖父，正好盛夏的太阳从祖父背后亮晃晃地照过来。祖父抓着蛇，在头顶上用力甩圈子，顺势把蛇抛往隔壁杂草丛生的空地，蛇就像根棒子似的飞出去了。祖父拍了拍手说："去吃西瓜吧！"仿佛什么事都没发生过，走回屋内。

这么心狠手辣的祖父，却一直没有替我电烧鼻子内壁，老是用棉棒替我擦药膏，也不知道有没有用。我当然不想电烧鼻子内侧，可是祖父说要做的话，我也不敢违背他，早已作好了这样的心理准备。祖父却始终没有替我电烧鼻子的皮肤，听说理由是"我不想做那种会痛的事，让那孩子讨厌我"。

在我十五岁时，祖父把诊所收起来，和祖母去奈良过隐居生活了。我经常一个人去祖父那里住，听祖父说话。越讨厌的事，祖父越爱说，所以战争的事说过很多次。"那些家伙拽得很！"说起宪兵的坏话，祖父的话匣子就停不下来。他在大阪大学读医学院时，从广岛送来很多因白血球锐减而导致死亡的病人。他心想怎么会这样呢？几天后才在报纸上看到广岛被原子弹轰炸的消息。当时也是学生的祖母，提起她深信用竹枪可以把美国战斗机打下来，每天吆喝着练习竹枪的事，祖父就会露出非常不屑的表情说："你真的很笨。"

可能是说话太毒、难相处，又具有不断攻击对方的性格，他身边没有半个亲近的好朋友。跟祖母两人，住在奈良的家，莳花弄草，过着悠闲的生活。庭院反映祖父一丝不苟的性格，没有半点矫揉造作，只有井然有序的美。

我大学毕业，离开关西后，与祖父见面的机会骤减。祖父已经八十多岁。偶尔见面时，我都觉得祖父逐渐失去了敏锐度。以前我跟他相处都很小心，生怕说错话，不知道会被他说些什么。后来，祖父却几乎不再说刻薄的话了。我的"刻薄"与散光，大部分应该是遗传祖父。我以小说家为志向，待在东京，过着无业生活时，祖父都没有涉及过这件事。他并非不关心，听母亲说，他曾问过"到底行不行啊？有没有跟哪个师父学习？"这种时代错乱的话。母亲回他说："我也不知道，你自己去问。"他又裹足不前。

过年时先去奈良的春日大社参拜，再去祖父母家拜年，是我家长年来的习惯。我们拜完年，准备开车离去时，祖父站在车库前，欲言又止地看着我，最后只说了一句"好好加油"，我们的车就开走了。那是还能动的祖父，留给我的最后记忆。

某天早上，我接到通知说祖父脑中风昏倒了。我搭上新干线，赶去生驹医院。祖母坐在等候室等着我。我与祖母一起走向病房时，不禁想着祖母的个子有这么小吗？祖父僵硬地躺在床上，脸色潮红，连两只手都被染成同样颜色。我摸摸他肌肉结实的手，很惊讶还那么有弹性。

在医院的咖啡厅，祖母说起他们去新婚旅行的事。她说，他们带着晚餐用的米，在琵琶湖的旅馆住了一晚。我问她，祖父是怎么昏倒的？她说是吃早餐前，祖父正在挑剔 NHK 的女主播时，忽然"哼哼"几声，就从椅子上摔落到地上。祖母笑着说："很像你祖父的风格。"

第二天，我接到通知，我的小说获得了新人奖。我向昏睡两天都没醒来的祖父报告："我要出书了，阿公。"就赶回东京了。

那之后大约半年，祖父都没醒来，就那样离开人世。

"老人追求健康的欲望很可怕。人类不管活到几岁，都想再多活几年，我觉得那模样十分丑陋。"

平常总是这么说的祖父，被迫选择接上机器，以他本人最厌恶的方式活着，怎么想都觉得很讽刺。

在做守灵前的准备时，祖母说："给他在那边看吧。"把一本我半个月前才刚出版的书，放进安放着祖父遗体的棺木内。我对那么白痴的书名感到抱歉。有人说看书会需要眼镜吧？殡葬公司的人立刻抛来一句话："眼镜不能烧，会产生有害物质。这种时候，把画的眼镜放入棺木里就行了。"既然殡葬公司的人这么说，我就在打开的封面上，画了祖父的眼镜。

画眼镜之前，祖母说："在那边看书时，万一想吃什么就麻烦了。"便把祖父的假牙也拿来了。殡葬公司的人又说不行，我只好顺便把假牙也画进去。因为祖父不是装全口假牙，只有部分，画起来很麻烦。眼镜框被我画得歪七扭八，假牙的牙根又被我涂成黑色，看起来很像藤壶，根本不知道我在画什么。

守灵和告别式结束后，遗体在火葬场火化。工作人员把台子拉出来，用筷子将台上的遗骨分类，向我们说明："这是喉骨佛。"的确有块小骨头蹲踞在白色干燥的碎片中，仿如坐镇的佛像。

在大腿骨下面有一大块东西，像白色爆米花那样爆开来。很像一朵花朝着天花板，绽放出薄花瓣状的东西。起初我以为是爆裂的骨头，可是越看越不像。

定睛观看好一会，我不禁低声叫出来："啊！"那是我的书。封面背后画着眼镜和假牙的书，可能是因为太厚了，没有全烧光。

开在整片骨头中的白花，形成奇特光景。轻轻一碰，花瓣就发出咔嚓声凋谢了。

祖父已经过世一年了。

无法成为莎士比亚

有部电影名为《恋爱中的莎士比亚》。

在片中，年轻的莎士比亚涌现写作欲望时，就会跳着坐回椅子上，潇洒地拿起鹅毛笔，夹在双手间骨碌骨碌转动。鹅毛的视觉暂留影像在纸上跃动，他对自己说："好，来写吧！"立刻开始写一气呵成的珠玉之作。

大学时代，我从电影院的荧幕上，看着莎士比亚才华洋溢的风姿，觉得作家简直帅呆了，因此十分憧憬。

当时的我，刚开始用房间里的文字处理机写类似小说的东西，从来没想过将来要靠写文章吃饭，只是漫不经心地想："啊，专业运动选手在参加比赛时最美；专业女演员在飙演技时最美；专业作家也一样，在写作时的模样最美。"

那之后又过了十年，几经波折，我从事了写文章的工作。光看职业名称，的确是和莎士比亚相同。那么，我写作时的瘪三模样、满心的遗憾，究竟是怎么回事呢？

随着时代变迁，尽管鹅毛笔和纸张都被计算机所取代，把大脑里的思考转换成文字的工作还是没有改变。可是明明就没有改变，现在的自己却一点也不像当时看到的莎士比亚。

说起来，我还不曾有过思如涌泉、迫不及待冲向桌子的经验。打从出生以来，一次也没有过。在作家写的《小说模板》中，看到作者描述"故事角色决定后，他们就会自己动起来"的写作过程，我都羡慕得不得了。我设定的故事人物，不是很胆小就是营养失调，没有我的鞭策，他们什么话都不会说。我必须像罗马时代监督奴隶的官吏那样，写到谁就挥鞭子打谁，他们才会嘟哝着"来了，来了"，然后不情愿地动起来。

没有鹅毛笔可以轻快转动，我就打扫房间。然后，不慌不忙地做起我平常绝对不会做、非常花时间的烹饪。终于在电脑前坐下来，却还是没有特别好的灵感，我就开始哼歌，或看着月历叹息，或毫无意义地翻阅《*visual wide* 日本之城》[1]。呆坐在那里，好像也没有人会来找我，于是我又开始打扫。

我以为自己这样下去，永远也写不完。不可思议的是，作品不知不觉中就完成了。大家对我的评价都还不差，说我是严守截稿日的人。

我觉得写作很像跑马拉松。虽然我没跑过马拉松，但我想选手

---

1 介绍日本全国 2252 座城的全彩页城事典，作者为小和田哲男。

应该是边跑边叫:"好痛苦、好痛苦。"我写作时,就是边写边叫:"好烦呐、好烦呐。"可是,写完没隔多久,又开始准备写下一部长篇小说。尽管一起跑,就是半年的漫漫长路,我还是会边抱怨"好累,好累",边开始写。

东扯西扯,扯了这么多,结论还是我喜欢写作吧!

大　哥

　　我所说的大哥，是松本人志[1]在《*Down Town* 的超爽感觉》[2]的搞笑剧中所扮演的黑道角色。

　　大哥经常带着小弟，硬闯市内的建设公司找社长，并凶狠地逼迫社长："把借的钱还来！"可是每次怎么样都要不到。

　　"感谢您长期以来的关照。"

　　即使对方乖乖把钱凑齐放在桌上，他还是要不到债款，最后只能留下这句话离开建设公司。

　　自尊心被撕得粉碎，黯然撤退的大哥背影好凄凉。啊！看得好难过。这世间就是这么不如人愿吗？

　　为什么大哥每次都会失败？问题出在双方无法沟通。社长感觉不到大哥的心意，大哥听不懂社长的话。因此他们的思考成为平行线，永远碰触不到债款的话题。

1　日本搞笑团体 Down Town 的成员，也是知名节目主持人。
2　原名为《ダウンタウンのごっつええ感じ》，为日本富士电视台喜剧系列节目。从一九九一年十二月八日至一九九七年十一月二日播放。

不能传达想说的话，是天底下最惨的悲剧。然而，透过画面来看时，悲剧就会变成天底下最好笑的喜剧。

我在《Down Town 的超爽感觉》的陪伴下，度过了多愁善感的十多岁后半期的岁月。许许多多的卓越喜剧掳获了我的心，尤其是大哥的演出。大哥本身充满悲剧性，却绽放出最强烈的喜剧光芒。我还有很多地方要向大哥学习。

我所知道的关于大阪话的二三事

平常我都是用大阪话与人交谈。

在小说里则是尽可能不使用大阪话。以大阪话写的文章，平假名太多很难读，当然我说的只限于小说内容。但我的文章有时还是会出现大阪话。在读经过校正后回到我手上的稿子时，我经常看到被指正的地方，才惊觉："咦，这是大阪话吗？"对已经出过书的我来说，实在是很丢脸的事。

写文章时，遇到"～せて（sete）"的用法，我会特别注意是不是大阪话。例如，我会不小心写成"声を震わして（koe wo huruwashite，颤抖着声音）"。看到这句话时，大概有很多关西人也会说："哪里不对？"当我自己在校对时看到这种句子就会想："糟糕、糟糕，要改成'声を震わせて'才行。"急忙改过来。"声を震わして"是大阪话，"机を動かして（移动桌子）"却是标准语，所以日文真的很麻烦。应该是在动词的活用及助词的使用上，有特殊的规则。可是我现在也不想一一去记那些活用形了。现在才知道，初中时觉得单调乏味又上得很痛苦的语法课具有什么意义。

最近，我还发现自己有个毛病，就是老爱说"超级厉害"。上面提到的"～して（shite）"是几年前注意到的毛病，现在几乎快灭绝了。"超级厉害"是最近的新发现，还冒着热腾腾的蒸气。

这个毛病是在某电视节目的官网上，阅读自己接受采访的报道时发现的。那篇报道是把我在某节目的简短发言转换成文字。阅读时，我的感想几乎都是"啊，我说过这种话呢"。只有一个地方的内容，让我觉得"我说过这种话吗？"如果是杂志采访，经过采访记者的撰稿，内容可能会有些出入。而这篇报道只是把我说的话百分之百写出来而已，不可能会出错。那到底是哪里有问题呢？我盯着自己的发言看，不禁"啊"地叹了一口气。

是"超级厉害"这句话。

被问到对下次的作品有什么目标时，我的回答是"我想写超级厉害的、很有趣的东西"。这样的叙述可以解读为，我希望下次的作品兼具"超级厉害"与"很有趣"两种要素。可是我只记得自己说过"很有趣"这么一个要素，所以老觉得哪里不太对劲。

说穿了，问题就出在大阪话。在大阪话里，会将当成副词来用的"非常地"说成"超级厉害"。如果日本人都说大阪话，那么日清的鸡汁泡面广告就会变成："即尝美味，超级厉害好吃！"[1]

这就像"爆好吃""特好吃"之类的语法表现，用来彰显关西人（被视为）夸张的说话方式。当然，这种事与制作网站的人无关。我当时的意思是"我要写非常非常有趣的东西"，对方却把这句话解读成"超级厉害又很有趣的东西"。

察觉到这样的事实后，我在东京活得有点痛苦。前几天，在某个采访中，我一时词穷，冒出"该怎么说呢，就是超级厉害、超级厉害……呃"这句话，忽然想到，这时我只是在寻找可以接在"非常"后面的适当形容词，可是采访的人会不会觉得我跟那个连声说"赞赞赞！"的艺术家冈本太郎是同类？不过，被想成那样好像也不错。这么一想，我又连说了两次"超级厉害"。然而，在前几天收到的校正稿上，看到我无意间写下的"看起来超级厉害的强劲"，被红笔的字迹冷静订正过，觉得好沮丧。

我天生就是个反应迟钝的男人，就算离开关西、被不同音调包围也去除不了我的大阪腔（只有稍微减弱），所以有时会发生好笑的事。我第一次去六本木综合大楼时，在午餐时间进入某个餐厅，女服务生问我："来点饮品如何呢？"我因为不想在大白天喝酒，便拒绝她："啊，不用了。"

---

1 原来的广告词是"すぐおいしい、すごくおいしい"意为：即尝美味，非常好吃！

没多久，一个女孩走过来说："让您久等了。"并将啤酒端给我。我说："不对啊，我刚才说不用了。"

就在这时，我跟女孩都露出惊愕的表情，四目相接——这里刚开始也写成大阪话的"合わした（awashita，交接）……"问题就是出在"不用了"。"不用了"的重音应该落在第一音节，我却落在第二音节。而且，我还是那种声音不够浑厚、说起话来含糊不清的男人，所以别人很难听清楚我在说什么。

结果她把我说的"不用了"，听成全然不同的东西。她的大脑接收到截然不同的话语，所以她把拥有高贵黑色液体、淡棕色泡沫、名为"健力士"的啤酒放在托盘上端来给我。"不用了（iidesu）"被听成"健力士（Guinness）"，店内的菜单又正好有"健力士"这一项，真是奇迹。"不知道那杯啤酒会不会被倒掉？有点浪费呢。"我边看着被送往厨房的啤酒，边咀嚼着语言的奥妙。

还曾经发生过这种事。那是在多摩川的河岸踢完五人制足球、正在换衣服的时候。旁边的人望着眼前的空地，喃喃说道："在这里烤肉，应该很好玩。"我也出声表示赞同："啊，好主意。"

"对了，我很会生火喔！"我这么自我宣传，那个人却呆呆地看着我。

没多久，他满脸惊愕地大叫："万城目，你烤肉时会吃雏鸡？"

"啊？"满头雾水的我，很快猜出他听成了什么。

"我是说我很会生火（hiokosu）。"我的发音还是一样差，所以这句话被听成："雏鸡（hiyoko）很好吃。"

可是这次也未免差太多了，我哑然失笑说："怎么可能呢，吃不下去吧？"这时，踢足球时也沉默寡言，平时更沉默寡言的另一位足球同伴，站在我旁边喃喃说道："我刚才也听成雏鸡很好吃。"

我迎着从多摩川吹来的风，深有所感："啊，语言真是艰深呢。"

最近我慢慢在构思以大阪为舞台的小说。

构思时，只要想到故事人物该说什么语言，就不会有结论。问题的重点在于，会话语言的帝王，绝对不等于书写语言、阅读语言的帝王。依我的感觉，若要写大阪话的会话，最多只能写一行。超出一行就很难阅读。以大阪话来写对话的小说，能写得很好，通常要具备"故事人物都不会太饶舌"的条件。在夏目漱石的《我是猫》《少爷》中，出身东京的故事人物，都是越说越能酝酿出故事的节奏。恰好与大阪话成对比，颇耐人寻味。

在以前就职的公司参加新人进修时，听到东京人把大阪话说成大阪"方言"，我受到重大打击。我边回想当时的事，边思考该如何结合我所热爱的大阪话与小说。

我以"超级厉害"的认真态度思考着。

第3章

周四的第五堂课　地理公民

"技术"学科

我对初中时代几乎没什么记忆。

说到初中生，就会想到《3 年 B 班金八老师》[1]这部戏剧。初中三年的感想，总括来说只有"啊，好不容易升上了三年级，竟然是 A 班而不是 B 班，好可惜"，就没任何回忆了。

在如此淡薄的初中时代记忆里，比较有印象的是"技术"学科。说到"技术"学科，一般世俗的想法就是画好图，再拿着锯子制作椅子或存钱罐。我就读的那所学校的"技术"学科，却是"农场"。在农场栽种农作物，依收成的好坏来打分数。其他像是田畦的美观、农作物的生长状况、上课时面对土壤的认真态度等等，也都是打分数时的依据。我没瞎掰，这是真的！

初一、初二的两年间，每周都要穿着体育服，在校内的一隅农地，上一堂与众不同的"技术"课。我很讨厌上这堂课，因为大自然不会乖乖听我的话。好比说田畦吧，我的田畦左右不平均，右边

1　由日本 TBS 电视台制作、播放的长寿电视剧。

比较低，高度也不够，很难有所期待。看就知道，没什么生产性。种西红柿也没收成过一个。有一个长得又圆又胖，正要转红，却在收成前就被小鸟吃掉了。而放着不管也会傻乎乎地一根接一根冒出来的茄子，则是我最讨厌的蔬菜。樱桃萝卜也是不管怎么虐待，都会自己茁壮成长，可是我找不到理由，要为樱桃般大小的东西，特地去耕耘那么长的田畦。

回想起来，真的是无聊透顶的课，却也有令我佩服的事。

直到十多岁前期，也就是上初中左右，班上一定会出现一个"在各方面都很完美的人"。数学好，语文也好。图画得好，跑步也跑得快。个性好，当干部也当得游刃有余。这种全方位的人，种农作物也种得很好——这是我的一大发现。可以快速解开高难度数学题的人，连西红柿都可以种出一大堆！

会灵活分析 SVOC[1] 第五种句型的英文结构的人，为什么在农作物的收成上也能发挥那么高度的能力呢？我觉得很不可思议。什么都会，也太厉害了吧？我毫不掩饰我的嫉妒。

这样的嫉妒和疑问，在"技术"课收割白萝卜时涣然冰释了。那个完美男人种出来的白萝卜，丰盈、肥胖又笔直，几乎可以摆在菜摊卖。相较之下，我的白萝卜长度只有完美男人的一半，前端还

1　主语＋动词＋宾语＋补语。

长出肿瘤般的东西，又从那里变成三叉状，显然是"卖不出去"的白萝卜。

打分数的时间到了，学生们排成一列，从收割的五六根白萝卜中，选出最好的一根放在脚下。技术课老师从最前面开始，依序对成果评分。完美男人的白萝卜当然是"A"。"嗯，万城目，D。"老师给完我倒数第二的等级，就从我前面走开了。我看着他离去的背影，终于领悟到一件事。问题出在田畦。也就是说，在春天开垦田畦时，已经决定了胜负。

在"技术"课，老师会派给每个学生一条田畦。宽约四十厘米，长约一米五十厘米。畦间小路立着名牌，每人使用这条田畦一年。冬天是休耕期，所以第一学期的第一堂课，就是从开垦自己的田畦开始。最恐怖的是，最初的这一堂课会决定一年的成果。

农业最重要的就是土壤。土壤要够松软，里面含有充分水气，根部就会毫无阻碍地成长。氮细菌把空气中的氮气固定，形成肥沃的土壤，农作物就能不断茁壮。

因此，第一学期的第一堂"技术课"，学生们要做的就是不停挖土，要犁得越深越好，把冬天期间凝结的土壤翻松，再收集周边土壤，把田畦堆高，使效果倍增。

说起来很合理、目的也是非常清楚的工作，却很难做到。毕竟我们当时只有十二三岁，还是一群乳臭未干的小鬼。要我们拿着从来没拿过的锄头，挖土挖一个小时，我们怎么可能会认真做呢？我们不懂挖土有什么意义，挖个十五分钟就感到厌烦了。而且老师是个老爷爷，我们根本不怕他，坐在畦间小路，剁着从土里抓出来的水蛭、蚯蚓玩，聚精会神地讨论喜欢中山美穗还是小泉今日子。

然而，最初的这一堂课会决定农作物一整年成长的好、坏。随便犁过的田畦，只会长出随便的作物。大自然不会说谎，老实得令人痛恨。凡事都有报应。随便犁过的田畦，只能长出瘦弱的小黄瓜、矮小的水菜、不会结果的西红柿。尤其是白萝卜，更能明显反映出土壤的状态。在硬邦邦的土壤里，白萝卜半途就会停止往上长，像肿瘤一样膨胀起来，宛如阿基拉（AKIRA）[1]里的飙车族铁雄，往斜向、横向暴冲，收割期被拔到这世上时，模样惨不忍睹。

看到班上唯一得到"A"的男生种的白萝卜，我恍然大悟。他是时时刻刻都很认真的人。当我丢下锄头，跟隔壁田畦的人大聊由Down Town演出、那时正在热映的电影《若梦中相逢》有多好看，聊到口沫横飞时，他应该没跟任何人聊天，只专心翻着土。下课后，还会特地绕到农园，拔杂草、浇水。在最初的第一堂课，老师稍微提过"土壤的松软度很重要"。其他人都当耳边风，他可没放过这个重大的信息。当时，我真的甘拜下风。所谓优等生，是赢在

1　大友克洋的科幻漫画，描写近未来的荒废世界。

资质、性格。在以前的故事里，老实、认真的农民最后一定会有收获。认真是农业之神。要有不厌其烦的精神，把时间花在基础工程上，才能盖出富丽堂皇的建筑。

我还看破了一件事，那就是优等生是天生的。他们不是靠头脑思考，刻意贯彻"认真"这件事。是与生俱来的习性，让他们非认真不可。我经过初中一年级的惨痛教训，发誓要积极重新出发，却还是在第二年春天的第一堂"技术课"时，把这件事忘得一干二净。聊八卦聊得不亦乐乎，这就是最好的证明。我的田畦还是翻得那样不够彻底，只能在满腔懊悔中播下种子。

俗话说"江山易改本性难移"。做不到的事，就是做不到。虽然是从头到尾都没喜欢过的课，但现在回想起来，或许还是教会我世间真理的伟大课程。

对了，种出来的农作物，最后都会带回家。收割后，我有阵子对蔬菜特别敏感。看到我花那么多时间种出来的蔬菜，在蔬菜店卖不到一百日圆，内心有点悲哀。我希望家里的人会说我种的菜很好吃，包括我不喜欢的茄子。

好奇怪喔，说起来有点不甘心，"技术课"怎么尽是美好的回忆呢？

红色疑惑

各位知道什么是"厕所书"吗？

老实说，"厕所书"就是我带进厕所的书。所以这本书极为私密，即使我到处问："你知道是哪本书吗？"也不可能会有人知道。

上厕所时，少了这本厕所书我就没办法静下心来。对不起，聊这么肮脏的话题。甚至连我肚子里的下行特别快车就快发车时，我也会急急忙忙去找书。即便肚子响起震耳欲聋的发车警铃声，我也会满脸苍白地去找理想中的书。就像精通茶道的人或酒保，会用一生只有一次的专注精神，选择适合客人的茶杯或酒杯——以上是谎言，纯属个人癖好。通常，抱着必死决心选的书，带进厕所后，只看到目录的地方，事情就办完了。要继续看内文又觉得懒，结果把封底的书籍大纲看完就算看完书了。既然这样，干吗要特地选呢？

从小学开始，我就会带着厕所书上厕所。大概在小学六年级的时候吧，我从厕所出来，忽然看到双脚膝盖上方特别红。椭圆形的红色记号，清晰地印在我的膝盖上，看起来真的很奇特。后来，我每次办完事，拿着书从厕所出来时，都会看到膝盖上有红色记号。

我推断"会不会是身体出现了'神清气爽的记号'"？可是从来没听过这种事。我心想明天一定要确认出现的时间，结果隔天把这件事忘得精光，又是在出厕所后才发现不可思议的红色记号。

但在某天，我意外得到了答案。聪明的读者们，应该都想到是怎么一回事了吧？是的，就是那样。我坐在马桶上，专心看着书时，不经意地站起来。就在那时候，我发现那个记号鲜明地印在大腿上被手肘抵住的地方。我究竟是花了多少年的时间，才知道那不过是手肘抵在大腿上留下的痕迹？小时候是很久以前的事了，当时我已经十八岁，快从高中毕业了。人类的愚蠢程度，真的是深不可测。

现在我还是会带着书进厕所，在膝上四平八稳地印下"神清气爽的记号"。那是身心健康的证明——以上是谎言，同样纯属个人癖好。

草丛中

【事实】

时间是一九八三年。

电视正在播放企鹅喝着啤酒的广告，配乐是松田圣子的《甜蜜回忆》；电影院正在放映高仓健站在南极昭和基地前，高喊"太郎！次郎！"的影片；大阪电视台刚结束卡通节目《我的朋友麻衣老师》，接着播《足球小将》。

就是在这种年代的某个艳阳高照的周日。

地点是位于大阪府吹田市的万博纪念公园。

这里曾经举办过通称"大阪万博EXPO'70"的日本万国博览会，现在整修成公园，有小河、茂密的树林。在绿地不多的大阪，成为市民们少数的休息景点之一。在辽阔用地上，那位有名的冈本太郎所设计的"太阳之塔"，至今仍威风凛凛地睥睨着天下。

出场人物有当时小学二年级的我、幼儿园中班的妹妹、三十五岁左右的父亲，刚迈入三十岁大关的母亲，共四人。

时间大概是下午快五点前。我们家人正准备回家，从铺着石子的主要通道走向停车场。这条通往停车场的宽敞大路，左右都是森林环绕。几条小路像蜈蚣脚般，从大路分出去。蜿蜒曲折的羊肠小道，延伸到树林。

我们往左手边的一条小路望过去，看到黄色大鸟走在小路上。

身长大约一米五十厘米。全身覆盖着鲜黄色羽毛的大鸟，像鸵鸟般用两只脚走路，横越过离我们几十米远的小路。

"万博公园大鸟事件"就发生在这一瞬间，成为我家最大的谜团，至今都还是我家餐桌上的话题。

【万城目学（当时八岁）的说法】

应该是我先发现小路上有只黄色大鸟，不由得叫出声来。父亲、母亲、妹妹仁人都杵在原地哑然无言，注视着黄色大鸟悠然横越宽约两米的小路。而且鸟不止一只。像鸵鸟般用两只长脚走路的大鸟，后面还有全身橘色的鸟快步跟着，看起来很像长毛鸡。高度比前面那只矮很多，身长约五十厘米。

总之，就是非常诡异。十分醒目的黄色大鸟横越小路，用时间来说，大概只有五六秒钟，很像《芝麻街》里的"大鸟"，后面还跟着从未见过的全身橘色的鸟。

看到这个画面，我拔腿往前跑，飞也似的冲向鸟。

跑到两只鸟刚才所在的地方时，鸟已经横越小路，躲在小路旁突出路面的茂密树丛后面。

我停下脚步。而黄色鸟从树丛后面俯视着我。

正确来说，是从生长得圆滚滚像球体般的杜鹃矮木上方，探出头来俯视着我。从杜鹃的树根可以看到鸟脚，的的确确是鸟脚。形状像鸡脚，是三分叉，表面覆盖着鱼鳞般的细纹皱褶。偏红色的脚尖，长着锐利的爪子。

妹妹从后面追上来，我们俩人呆呆地看着鸟。几秒钟后，鸟忽然转过身去，发出嘎吵嘎吵声，消失在森林里。

【妹妹（当时五岁）的说法】

在《侦探！Knight Scoop》这个节目的最后，秘书冈部都会出来征求观众的调查委托。每次回老家，看到这里时，我们一家人就会聊起这个话题，讨论在万博公园看到的鸟究竟是什么？这样的反应已经在我家持续了十五年之久。不过，从来没有寄过明信片给《侦探！Knight Scoop》。

讨论时，我们会各自描述对黄色大鸟的记忆，但是妹妹当时才五岁，当然没有多少记忆。

妹妹的记忆只局限在两件事上。一件是两只颜色鲜艳的鸟在走路，另一件则是追着哥哥跑，与鸟四目相接。

这样算是记得很多了，但纯粹只是身为"看到鸟"的观察者的模糊影像，不可思议的是，完全没有"好害怕"或"还以为会被吃掉"等情感方面的记忆。

【母亲（当时三十一岁）的说法】

母亲对于这件事的记忆非常模糊，只剩下隐隐约约的印象，一点都不像年过三十的大人，跟当时才五岁的妹妹差不多，只记得"颜色很奇怪的鸟在走路""好像是……两只吧""你们两个跑去了"，完全不可靠。不过，她心中有关鸟的由来的故事，这一点跟其他三个人都不一样。

她经常发表自己的想法："可能是有钱人不想养了，就扔在万博公园里吧？或是鸟自己从笼子跑出来了。"

我真的想不通，这种童话般的假设，她是从哪编出来的？这个想法，母亲从二十年前一直说到现在，从未有人表示赞同过。

【父亲（当时三十五岁）的说法】

跟母亲一样，都已经是大人的父亲，记忆也非常模糊。他只会说："有两只很大的鸟，两只好像都是黄色。"跟母亲的记忆差不多。

【万城目学（现在三十一岁）的说法】

我丝毫没有灵异体质，活到现在，唯一撞见的怪事就是这桩

"万博公园大鸟事件"，有很多地方令人猜疑。

其中，双亲的记忆模糊到那种程度，最令我不解。当时的母亲，跟我现在同年纪。如果我在这时候遇见那种光景，应该会留下鲜明的记忆。母亲的记忆怎么可能在我读初中时，就退化到"嗯——应该是这样吧？"的程度。

另外，丢下孩子不管，也令人费解。八岁和五岁的孩子，跑向了一百五十厘米高的巨大黄色怪鸟。通常，父母也会采取什么行动。他们俩人却都只说"你们跑走了"，丝毫没有离开原地半步的迹象。"为什么没追上去？""不觉得危险吗？"对于我这样的质问，父母至今都只是浮现出困惑的笑容。

想到父母从头到尾的漠然态度，我就会怀疑那是不是梦？更奇怪的是，随着时间流逝，家人的记忆逐渐被我的记忆取代。我提起当时的事，他们就会点着头说："哦，是那样啊。"倒是当家人说："对了，好像有过……"我从来没有拍着膝盖附和说："没错。"

当时年过三十的父母，记忆逐渐淡去，都是靠我反复重述当时的情景来补足他们的记忆。母亲会把我小时候的事，从记忆角落拖出来，不厌其烦地说给我听，只有这件应该印象最深刻的事，我们的受授关系却是倒过来的。父母看到的光景，已经被当时才八岁的我看到的光景彻底取代了。

有时我会想，是不是我做的梦侵蚀了家族的记忆？也就是所谓的集体催眠。如果是全家人都做了我做的梦，这件事就说得通了。说得通当然好，问题是我应该没有那种特异功能。而且，我在树丛下看到的猛禽钩爪，绝对不是梦。

现在我在书店看到厚厚的鸟类图鉴，也一定会翻到世界鸟类的地方。在东南亚篇，会介绍很多色彩缤纷的鸟类，可是都找不到我看过的黄色鸟类。

在我的小说里，偶尔会写到奇怪的东西。

故事人物撞见那个奇怪的东西时，态度都类似我对这件事的反应。先不断反复质疑、推论、反驳，最后彻底放弃。说也奇怪，人一旦放弃，就不太会再提起这件事，就那样丢着不管也不会觉得怎样。

听到不可思议的事，会尽情发挥想象力的人，通常是第三者。经历过不可思议事件的当事人，只会一脸茫然地搜寻模糊的记忆。身在草丛里的人，绝对看不到草丛的全貌，而身在草丛外的第三者，绝对看不到草丛里面。

不管经过多久，草丛永远是草丛。

周四的第五堂课 地理公民

"放屁、放屁、北别府（噗）。"

朋友很认真地告诉我，在教室里放屁时，要搭配这句话，把肠内的瓦斯往外排放，这是身为人的礼仪。当年我十四岁。

我觉得，初中生是这世上血液中愚蠢浓度最高的生物。不管发生什么事，都会大怒、大笑、大哭、大妄想。想用自己的小小手掌搜集光芒，能搜集多少就搜集多少，却没办法完全吸收，只好随处胡乱发射，带给他人困扰也不在乎。大人露出光线太刺眼的表情，他们就更得意。他们贪婪而轻浮、活泼而怠惰、傲慢而胆小、单纯而恶毒，非常难对付。

我就读的初中，有位名叫高见的老师。这位老师会在周四的第五堂课来到教室教授地理公民。

高见是上课方式有点奇怪的老师，老爱点学生起来答题。他会指定某个范围，叫学生在下次上课前先找好答案，然后在课堂上点他们起来解答。他信奉人性本恶说，看透了初中生的本质，知道太仁慈、放着他们不管，他们就不会读书，上课也只会睡觉。而他这样的想法，大部分是对的。

"今天是六月三日，所以六加三等于座号九号——你们以为是这样，其实是六乘以三，十八号 stand up[1]！"

座号十八号的学生站起来，读完问题集的题目再解答。答案错误，就跪坐在地上。轮到坐在他后面的学生站起来，答不出来就跪坐。来，下一个！又是跪坐。就这样，班上九成的学生都跪坐在地上，几乎没有人正规地坐在椅子上。所以高见的课总是充斥着紧张气氛。

这件事就发生在高见的课堂上。

主角是三井同学。三井非常胆小，是那种在大家面前挨骂就会觉得很丢脸的老实人。

那天被高见点名，站起来朗读题目、回答问题的三井，害怕到连旁边的人都可怜他。我坐在他斜后方都看得很清楚，他拿着问题集的手紧张得直发抖。

指定的学习范围是中东的地理。三井不断吃螺丝，才把题目念完。

"阿曼王国位于阿拉伯半岛，人口约两百二十万，首都马斯喀

1　原文为"すたんだっぷ"（standappu），把 stand up 连起来读成"standappu"，变成日本朝日电视台（ABC）的某个节目名称。这个节目在每个礼拜四深夜播放，报道各种活动信息。另外，念成"standappu"也有 stand-up comedy 的意思，指在夜店说笑话让客人发笑的艺人。

特临阿拉伯海与阿曼……"念到这里，三井忽然停下来。班上同学听到不该断的中断，都从问题集上抬起头来。

题目内容是"首都马斯喀特临阿拉伯海与阿曼湾，为渔业与贸易中心地"，没什么特别之处。可是这时候的三井，已经从紧张进入混乱的极限。他平时完全不说笑话，是个正经八百的人。只是运气不好，败给了每个男生都会经历的思春期烦恼。

"阿拉伯海与阿曼……"中间空白几秒钟后，三井接着冒出了"湖[1]"这个字。

瞬间，爆笑炸弹掉落在大阪乡下的男校。爆裂的笑声，把教室炸得连地板都震动起来。笑声停下来没多久，又有人噗嗤笑出来，就像波浪般把所有人都卷进去了。男生们不停笑着，根本没办法上课。讲台上的高见也在笑，还帮忙缓解说："谁都可能出错。"平常连再小的错误都不肯放过，动不动就要我们跪坐的男人居然会说这种话。当然也没叫三井跪坐。三井所引发的笑弹，把背地里被我们称为"鬼"的老师的心也融化了。

从那天起，三井的名字轰动全校。笑成那样的状况，之后再也没有。这个正经八百到极点的男生，在我人生中挥出了精彩的一棒。

---

1 阿曼的日语发音为オマーン，而湖的发音则是こ。念起来音同"おまんこ"，指女性生殖器。——编注

"人有无限可能。"

　　每次听到这句话，我就会想起周四那堂地理公民课与三井。那是十四岁时的夏日午后，我切身体会到笑弹的伟大。

勇敢第一名

我向来讨厌"北野武电影"。

初中时，看完他的《凶暴的男人》，觉得暴力画面看起来很残忍，便对他的电影敬而远之。说到底，我认为他根本不该拍片。

这样的认知，却在看NHK深夜重播的对谈节目时改观了。北野武与黑泽明俩人谈论着关于电影的话题。没多久，北野武自顾自地说起日本电影不好看的原因。

他说日本电影有太多不必要的说明。像是从矮桌上拿起茶杯喝茶的画面，日本电影一定会在演员做出拿茶杯的动作后，把镜头拉到矮桌上，拍摄手碰到杯子的画面。他主张不需要那种画面，杯子当然是从矮桌上拿，不必刻意表现。

黑泽明虽然没说什么，但似乎听得很开心，留给我深刻的印象。不过我更喜欢北野武对"太多说明"所作的比喻，说得一点都没错。

隔天，我在出租店借了北野武当时的最新作品《坏孩子的天空》。我大感惊讶，原来这个男人拍的电影这么有趣，我好后悔漠视他直到现在。北野秉持"看了就知道""不用说也知道"的一贯作风，拍出了节奏令人惊艳的好作品。现在他本人还是毫不讳言地说，拍电影时最快乐的工作就是剪辑。大概就像是虐待狂，喜欢把多余的部分剪掉吧？

《坏孩子的天空》只是新志和小马两名高中生犯白痴的故事，却令人感叹、惋惜。他们真的很白痴，被坏前辈唆使，把得天独厚的拳击才能逐渐消磨光了。进入拳击世界后，进步神速，扶摇直上，竟因为得意忘形在瞬间失去了一切。片中同时描述配角同学们的生活，在最后几乎没有台词的情节中，年轻人的光明与黑暗的对比十分鲜明，令人心痛。

空空如也的两名主角，又骑着自行车回到高中校园。在最后一幕中，新志对小马说："小马，我们已经玩完了吗？"

坐在自行车后座的小马回答他："混蛋家伙，都还没开始呢！"

就在那瞬间，奏起了久石让的音乐。我是在大三时看的这部电影。那时候不知道今后该做什么，心情很郁闷。没来由地，就是觉得沮丧。听到那句台词时，我不知道有多开心。

我真的很好奇，北野武怎么想得出这种台词？足以震撼当时跟他相差三十岁的人的心。在电视上看到他时，我并不觉得他特别关心年轻人。然而，那句话却比任何话都深入我心。为什么？

最近重看他的作品，忽然想到，莫非那句话不是在为年轻人发声，而是当时北野武自己"赤裸裸"的心情的写实表达？在漫长的演艺生涯中，北野武见过四十多岁才爆红的人、备尝艰辛二十多年的人等等，看尽种种人生。北野武本身也是年过四十才挑战电影。他只是把任何年代的人都可能说的话，让两个年轻人说出来而已吧？

　　现在我看这部电影，听到最后的台词还是会热血沸腾，这就是最好的证明。希望以后也是这样。

　　"我们已经玩完了吗？"

　　"混蛋家伙，都还没开始呢！"

钓鱼与阅读

大三时，朋友铁平突然说我们去钓鱼吧。

我成天没事做，游手好闲，觉得钓鱼似乎很好玩，就答应了。

我们立刻去买钓具。注重外在形式的铁平，一出手就在上州屋[1]买了一万多日圆的钓竿。我是守财奴，只买了店家放在入口处贱卖的一千五百日圆的钓具组。

我们选择琵琶湖大津港作为初战的舞台。最大的失策就是挑战"拟饵钓法"。当然，从来没接触过拟饵的我们有模有样地前后左右甩动竿子，但是完全搞不清楚拟饵在湖面下会如何摆动。

结果很惨。坚持了半天多的时间都没有鱼上钩，我们带着满肚子气，无精打采地回到京都。

隔周，我们再次挑战。这次二话不说，骑着自行车去了附近的琵琶湖疏水，就是琵琶湖水与鸭川交会前的地方，像一座蓄水池。

经过上次的惨败，我们学到很多教训。首先，钓鱼要有耐心。

---

1 贩卖钓具、户外运动器材、娱乐用品的大型零售店。

去钓鱼时，鱼都不理我们，我们的心就会开始烦躁，失去特地来接触大自然的意义。于是，我们决定带书去看。钓不到鱼就看书，充分利用钓不到鱼的时间。拟饵钓法要不时地甩竿，所以这次我们选择装上饵，慢慢等鱼上钩的方式。有点本末倒置的感觉，可是一直都钓不到，真的很悲哀。

当天，铁平带了一本文库本来，封面上写着《梦的解析》弗洛伊德。我问他好不好看？他回答说不好看。再不好看的书，也要说服自己努力阅读，是大学生的期望。我带去的托尔斯泰的《战争与和平》第一册，挑战时间也已长达半年，是一本很难应付的书。

我们作好万全准备，但计划很快被挫败了。

这次跟上次完全相反，我们钓得不亦乐乎。光是把小蚯蚓串在针上，垂下钓线，鱼就上钩了。钓到的全是蓝腮太阳鱼。我们起初很开心，但很快就对紧咬着鱼饵不放的凶猛的鱼失去了兴趣。把钩拆下时，手碰到蓝腮太阳鱼，味道很臭，这也是负面原因之一。

一个小时后，我们坐在水泥地边缘，背靠着铁栏杆开始看书，再也不管钓竿摇不摇了。

阳光和煦，反射的光环在泛着绿色的水面上轻轻摇曳。和风不时吹来，把我们从阅读推向睡眠与无为的彼方。

往旁边一看，铁平已经把弗洛伊德放在膝盖上，开始打盹了。这时，只是微微摆动的一万日圆钓竿，突然剧烈摇晃起来。

"哇!"

铁平发出惊叫声醒过来。慌乱中,他想抓住钓竿,可是钓竿在弗洛伊德下面。就在他抓住钓竿的瞬间,弗洛伊德被往前推了出去。

啪嚓一声,弗洛伊德跳进了琵琶湖疏水。"啊!"我们失声叫出来,同时望向水面,看着《梦的解析》的文字在水上随波漂荡,慢慢往下沉。

原来是一只小型乌龟咬住了铁平的钩。我们费尽千辛万苦把钩拔出来后,就收拾道具踏上归途了。

几天后,我在学生餐厅遇见铁平,他又买了一本弗洛伊德的《梦的解析》。我问他好看吗?他回答说还是不好看,可是他想看到最后。

不好看也要看。不管怎么样都要看。

我三十岁以后才知道,那是极为奢侈的时间使用方式。现在更知道,边钓鱼边悠闲地看书,是人生中最奢侈的事之一。

可是那时候并不懂。什么都没想,只是大把大把地挥霍宝贵时间。这就是年轻的美好之处,也是可恨之处。

从那天起,我就没有再去钓鱼。

闲来无事的午后,在琵琶湖疏水钓鱼、看书,已成为奢侈的回忆,与至今还没读完的《战争与和平》第一册一起留在我心里。

第 4 章

御 器 啮 战 记

笃史 My Love

哪天去散发着高级感的家具店逛时，我建议各位一定要尝试一件事。

那就是"假扮渡边笃史"。

各位应该看过《渡边笃史的建筑探访》吧？这是朝日电视台的系列节目，在星期日早上播放（执笔当时），是代表日本的长寿节目，我非常喜欢。

说到内容，再单纯不过了。就是渡边笃史带着"早安，我是渡边笃史"的台词，去观众家拜访。从在玄关按下对讲机开始，中间边听主人说明边在屋内走一圈，最后在客厅以"各位觉得××先生（小姐）的房子如何呢？"作为总结。我喜欢节目中高雅的音乐、完美的摄影角度、节奏流畅的剪辑，是内容非常充实的三十分钟。

每次看《渡边笃史的建筑探访》，最令我赞叹不已的，是笃史出类拔萃的解说能力。当主人在介绍住家时，他在旁边会针对所有看到的东西、摸到的东西，作字字珠玑的解说。有丰富语汇作为基础的侃侃而谈，简直是超越人类的智慧，意味深长。有时，我要花一个礼拜的时间，才会想到："啊，原来是这个意思！"

比如说，某次介绍浴室的画面。那间浴室的采光非常好，因为墙壁上开了一扇小窗，阳光会从那里灿烂地照射进来。

在此，我要来个状况猜谜，让各位实际感受到笃史不能小觑的高超解说能力。假设各位是笃史，"这里就是浴室吧？不好意思，我要进去了。"笃史把手伸向了门把。打开门，看到耀眼夺目的阳光洒进白色的浴室，各位的第一句话会说什么呢？

"哎呀——好亮！"

哺哺。3笃史（笃史是计算单位）。

"啊，采光非常好。"

哺哺。16笃史（满分是100）。

"嗯，整个空间都变成了白色。"

感觉好多了，但还是哺哺。很遗憾，38笃史。

有人差不多快失去耐心了，所以我要宣布100笃史的答案。在节目上，笃史打开浴室的门，看到阳光从头顶稍高的地方照进来，他说了什么呢？

他说："喔喔喔，是维米尔（Jan Vermeer）的光线。"

起初，我不明白这句解说的意思，还以为自己听错了。约莫一周后，在书店偶然看到维米尔的画集，才了解笃史这句解说的真正含义。

各位听说过维米尔吧？他是荷兰人，被称为"静谧的画家"，代表作是《戴珍珠耳环的少女》（ *Het meisje met de parel* ）。头上缠着形状奇特的布巾的少女，在幽暗中蓦然浮现，回首凝视着观画者。

我想到笃史好像说过这个名字，就随手拿起画集，啪啦啪啦翻看，忽然发现一件事。维米尔的画很多都有照射的光线，而且那道光一定是从左手的上方照过来。例如《倒牛奶的女仆》（ *The Milkmaid* ），就有柔和的光线从女人头上稍高的地方照过来，烘托出女人的左侧。

瞬间，我像被雷电击中，恍然大悟。"原来是这样、原来是这样啊。"我低声嘟哝着，急急忙忙跑回住处，找出上一集的《建筑探访》的录像带来看，确定浴室的高窗确实是在左侧的墙壁上方。也就是说，笃史在打开浴室的刹那间，看到从左手边高窗洒进来的光线，立刻联想到维米尔的画，以"维米尔的光线"来形容眼前的光景。

好震撼。佩服得五体投地。我用颤抖的心呼喊着："笃史，你的解说还真难懂呢！"

好，再回到开头的"假扮渡边笃史"。每次《渡边笃史的建筑探访》的重头戏，毋庸置疑，当然是笃史走进客厅，在主人最讲究的沙发或椅子上坐下来，将客厅的景观尽收眼底，发表解说的部分。从降低视线高度的位置，捕捉家的心脏客厅，配合视线移动，流畅发表解说的工作，可以说是笃史的真髓。

前几天，我有机会逛高级家具店，看着要价高达五千日圆的叉子，不禁沉浸在显然与身份不合的氛围中。这时，忽然发现视线前方有张黑色皮革沙发，形状像颗骰子，很可爱。

"哎哟，好像在呼唤我呢！"

忽然，我起了小小玩心。我想自己玩个游戏，模仿《建筑探访》中的笃史，坐下来环视店内，发表精湛解说。

"好耶、好耶！"我很喜欢这个"假扮渡边笃史"的创意，用力拉扯恰巧穿在身上的夹克下摆（即使在盛夏，笃史也是夹克主义者），加强笃史的味道后，在价值三十万日圆的高级单人沙发缓缓坐下来。

来吧来吧来吧……

我的大脑一片空白。

因为沙发坐起来太舒服，害我的大脑一片空白，根本没有心情发表解说。我能想到的形容词，顶多只有简单透过视觉、触觉来叙述的"好舒服""好高的天花板"这两句。

我满怀挫败感，从沙发站起来，深深体会到笃史的伟大。倘若要我在节目中，代替笃史坐在沙发上，叙述对客厅的感觉，恐怕在坐下之前，我必须先把对客厅的解说塞进大脑里。坐下来后，还要抹杀来自屁股的感觉，把预先准备好的解说都说出来。不这么做的话，会因为沙发太舒服，大脑陷入混沌。

笃史就不需要先作这样的准备。可以流畅地发表俯瞰客厅的解说，与沙发的舒适感浑然融为一体的笃史，没有必要作那么庸俗的事。

文豪中岛敦有本代表作《名人传》。

故事叙述弓箭高手想把技术练到极致，练着练着，最后连弓箭的存在都忘了。关键在于"跨越所有境界"的熟练境界。从笃史身上，我清楚看到了这个部分。

多么令人敬畏的名人渡边笃史啊！

我会不会称赞得太过分了？

御器啮战记

我要先声明，这次整篇文章都在描述"黑色闪电"。也就是在很久以前的平安时代，由于连盘子都啃的下流习性，被取名为"御器啮"的那种昆虫，属蟑螂目、蟑螂科。对了，它可是不折不扣的"夏之季语[1]"。用这种季语究竟能写出什么句子？

那只名为蟑螂的生物，散发出来的强大负面魔力，总是刺伤我的心。我讨厌蟑螂，讨厌得要死。东京有很多蟑螂，是蟑螂的天堂。不过，东京的蟑螂比大阪的蟑螂小一圈。视种类而定，有些蟑螂的表面不是那么滑溜（第一次看到时，还以为是甲虫的同伴）。我把这部分视为东京的优点之一，给予相当高的评价。

打从出生以来，我就讨厌蟑螂，但似乎是命中注定，越讨厌就越常碰见。日常生活中，撞见蟑螂的次数多到爆炸。不是因为房间脏，大多是外出时在各地撞见。它们会悄悄爬过墙壁、地上、头上、手上，或静止不动。如果说人类有两种类别，那就是"第一

1　季语是指在创作连歌或俳句等，用以表达季节的词汇。——编注

发现蟑螂者"与"被第一发现者告知的人"两种。我当然是属于前者。

去烧烤老店，即使是被带往包厢，中途看到背对着蟑螂爬来爬去的烟熏墙壁呵呵谈笑的 OL 们，我还是会懊恼为什么不是被带去那种幸福的座位，便对店家说："对不起，我还是不吃了。"就离开那家店；在定食店看到爬来爬去的蟑螂，我会比谁都早告知店员，在充斥着店员喷洒的杀虫剂味道中，斜睨着继续在地上窜逃的黑色闪电，会对店员说："我吃饱了。"只吃完定食的小菜，就离开座位。

还曾经创下接连六天在屋外撞见它们的大纪录。第六天，我从东京前往大阪办事。我心想终于逃出被它们占领的魔都，暂时不会见到它们了，刚松了一口气，就觉得鞋子撞到了什么。我低头看是什么，就看到一只迷你蟑螂正舞动着触角，寻找逃亡的路。它把屁股朝向哑然失言的我，慌慌张张逃到前面的座位下。是的，在新干线希望号的指定票座位，也会撞见蟑螂。我有预感，如果我有机会乘坐航天飞机，也会在大气层外撞见蟑螂。

蟑螂会叫，真的会叫！不过，光看着，它并不会叫。要用手抓住它的身体两侧，它才会叫。我初中时的某个夏夜，觉得有东西从小腿爬上来。我在膝盖的地方抓住它，顺势就把它扔出去了，那是在黑暗中的大脑反射动作。在抓住的瞬间，那东西在我指尖发出"吱"的叫声。第二天醒来一阵子后，才想起手的触感和"吱"的声音。我思考有什么生物可能在夏天夜晚爬过小腿，很遗憾，最后只想到一种。那天我没吃早餐，直接去了学校。

在老家时，有蟑螂出没，母亲就会把《妇人杂志》卷起来，帮孩子们把它们全杀光，所以孩子们只要放心地当"第一发现者"就行了。用食指指向墙壁，大叫一声，就可以去除威胁。

可是孩子总有一天要离开父母。在京都开始一个人生活后，我也面临了被那些家伙考验的日子。那是大学二年级的事吧，我睡午觉醒来，看到一只蟑螂贴在正上方的天花板上。人成为真正的大人，不是在适婚年龄、不是在取得驾照的年龄，也不是在成年有选举权的时候，而是在可以负起责任歼灭它们的时候。那天，我成了真正的大人。

假如要把人类分成两大类，我认为可以分为"遇到蟑螂会作战的人"与"会逃走的人"。除了触角能感测到的范围外，对世界一无所知的蟑螂，就是可以把人类这种地球上最凶猛的生物吓成这样。恐怕现在在日本某处也有一个人住的女孩，正被这种可怕的负面魔力，吓得向亲人或男友或朋友发出了求救信号吧？关于人类面对蟑螂时的反应，我刚才举了两种例子，但或许能再多加一种。

就是——"当作不存在"。

这是我问一个人住的女生"有蟑螂时你怎么办？"所得到的意外答案。如果是我，看到蟑螂飞也似的躲进床底下，我会稍微移动床，从床与墙壁间的缝隙喷射杀蟑剂，趁它们惊慌地从床下跑出来时，用很厚的免费报纸扑杀之！就像把山本堪助[1]在川中岛之战[2]中尝试使用的啄木鸟战法[3]搬到现代。

而"当作不存在"的做法，在蟑螂从床下消失时，就休战了。不对，或许应该说，既然不曾有过战斗状态，就没有所谓休战。隔天也不确认蟑螂在不在床下，没看见就当作不在了。没错，可能哪天会跑掉，可是对膝盖曾经被爬过，还听过"吱"叫声的人来说，这是绝对不能接受的做法。我还是非战不可！不证明它们已经不存在，我就无法睡觉！

俗话说："战争只会带来仇恨。"

去年夏天，我与蟑螂结下了前所未有的梁子。这一年，太怕蟑螂怕到成为彻底武斗派的我，与它们展开了不讲仁义的战争。

用厚厚一本商品目录，攻击在墙壁上爬的特大 G^4。因为打得太漂亮，被打到粉碎的蟑螂碎片，溅得我满头都是，我称为"黑雨事件"。当时商品目录从手中滑落，我捡起来，大拇指摸到打击面的滑溜黏液，惨叫声又响彻屋内，则名为"G 悲剧事件"。我在浴

1　日本战国时代武田军军师。
2　武田信玄与上杉谦信，为争夺北信浓的统治权挑起的多次战争之总称。最激烈的第四次战役的主要战场，就是千曲川与犀川会合的川中岛。
3　类似啄木鸟用嘴敲打虫子躲藏的树、等虫子吓得飞出来，再把虫子吃掉的战法。
4　蟑螂的日语汉字为"御器啮"，发音为 Gokiburi。

室使用桧木香黑色洗脸皂时，有碎片剥落，我伸手捡起来，碎片就"啪哩"裂成了两半，乃称"疑惑的黑色翅膀事件"。最后一件，是最严重、最可恨的"G16事件"。

起因是天气太热，漏水的恶臭从水槽下面飘出来，弥漫整个房间。我采取的战术，是用强力胶带贴住水槽下面的双开柜门，防止恶臭从缝隙飘出来。效果立现，一举解决了屋内的恶臭问题。

三个礼拜后，问题来了。很久没下厨的我，忽然兴起做菜的念头。当我要把菜刀拿出来时，才想到水槽下方的收纳柜被我封锁了。我撕开强力胶带后，把门打开。

一打开，就看到那家伙。

我"呀"地尖叫一声，慌忙把门关上，边跑去拿武器（杀蟑剂），边在心中对自己说冷静、冷静。可是怎么冷静得下来！我刚才打开门就看到了"三只"！

我压抑着胸口紧缩到仿如快被捏碎般的恐惧，再度打开门。果然有三只。让我想到《三之斩》[1]！哪只是役所广司？不对，现在没空想这种事。

三只都动也不动。喷再多的杀蟑剂都不动。看起来像是死了。我用手电筒往里面照，看到一堆黑色的家伙。有的仰躺、有的在跟

---

1 一九八七年至一九九五年，朝日电视台播放的时代剧。剧情是三名各自行动的浪人，每次发生事情，都会偶然聚在一起，合力歼灭坏人。

塑胶手套的手指玩、有的只剩下半身。蟑螂显然是在水槽下，进行着不为人知的筑巢活动。才短短三个礼拜，它们到底繁衍了几代？所有蟑螂都死了，全身干巴巴。只有一只约五厘米长的幸存者，被杀蟑剂逼出来，也瞬间被我杀了。

"呕、呕！"我不停地作呕，流着泪把水槽下的所有东西都扔了。每次拿起"金鸟高效能抹布"的袋子等东西，我的恐惧都会升到最高点。而那些家伙也不会让我失望，必定藏在那些东西后面。结果，在现场共回收十五具蟑螂的死尸。再加上刚才那一只，"G16"就真相大白了。据我推测，应该是有一只带着卵跑进去后，入口就被强力胶带封住了。水槽下面没有食物，所以生下来的孩子吃母亲的尸体、粪便长大……接下来就是无止境的悲惨世界了。躺在入口处的三只，大概是为了吸一口从强力胶带缝隙渗进来的外面空气，不顾一切地向前走。我想起电影《肖申克的救赎》，感受到G的心情，不禁黯然神伤——当然不可能这样！

我丢掉水槽下的所有东西，把散落柜内的不明黑煤、黑粒、黑脚擦干净，仔细检查现场，发现冷气排水管与下水道衔接的部分，有个大缝隙。

我用一整捆强力胶带，将缝隙封起来。那之后，味道好多了，那些家伙也都没再出现过。不过，也可能只是因为夏天结束了。

今年，随着天气一天天暖和起来，我知道作战的日子又逐渐逼近了。如果我收集到七颗龙珠[1]，应该会许愿"让世上的黑色闪电全部消失"，才没心情想什么女生的内裤。至于会对生态产生什么影响，就不关我的事了。

话说回来，许下这种愿望，恐怕神龙也会断然拒绝，冷冷地说："我没办法除去比我强大的存在。"好可怕啊！

---

[1] 出自鸟山明的漫画《七龙珠》，只要收集到七颗龙珠，就可以实现一个愿望。

宁宁的故事

初中时，我突然开始狂咳，怎么也停不下来，之后就去医院检查，诊断结果是气喘。

说到气喘，我就会想到小学外宿旅行时，班上有个同学吁吁喘个不停，好像很痛苦的样子，保健室的老师一直陪着他。所以听医生说我也是那样时，非常吃惊。不过，同样是气喘，也有程度上的不同。我大约花两个礼拜的时间看医生、吃药，就不再咳了。原本还担心，如果变成外宿旅行时咳到浑身疲软的同学那样，该怎么办？幸好那之后就没再发生过。

看医生的时候，我做了过敏的皮肤接触测试。注射只是稍微扎刺一下的程度。下次复诊时，如果通红肿胀，就是有过敏。在回家路上，红灯时我停下自行车，看到握着龙头的手的内侧，有很清楚的二乘四列的注射痕迹。感觉很像动了人造人的手术，我莫名其妙地得意起来。

回到家，我给妹妹看手上的注射痕迹，对她说："很像人造人吧？也很像真田的六文钱[1]，很酷吧？"

她却回我说："很像克林[2]的额头。"

我有种毫无根据的自信，认定自己不可能有什么过敏。结果检查的项目中，有一半以上都是阳性，也就是说检测出过敏反应。现在已经不记得详细内容，但清楚记得对猫这一项出现了过敏反应。我看着通红肿胀的注射痕迹，一心以为"啊，我这辈子都不可能养猫了"。

十年后，妹妹突然捡了一只猫回家。

她说，她坐在公园的长椅上时，那只猫喵喵地靠近她，不断从眼睛发射出"带我回家"的波束。

当时我是大学五年级，参加了两个月的就职活动，正好在那天终于接到一家公司的录取通知。我打电话回大阪老家，报告录取的事，母亲则在电话里说妹妹捡了一只猫回家。我问她要养吗？她说不知道，要等父亲回来再跟他商量。我平时都住在京都，很少回大阪，可是想到回家时会看到陌生的猫走来走去，还是觉得很讨厌。

一个礼拜后，我有事去录取的公司，顺道回老家，就看到了那只猫。上次在电话中，听母亲的语气显然不欢迎这只猫，现在她却说："它在你被录取那天来到我们家，一定是它带来了好运。"

---

1 江户时代的真田氏族的家徽。
2 卡通《七龙珠》里的角色。

我哑口无言。

那只猫全身黑色，有着圆圆的脸、圆圆的眼睛，黑眼珠看起来特别大。无声无息走过木地板的背影十分精悍，修长的脚就像曾经加入日本职业足球联盟大阪飞脚队的"浪速黑豹麦保马[1]"。

"很可爱吧？"

妹妹征求我的同意，我没应和她，只说："脚很像麦保马。"

"它是母猫。"妹妹告诉我。

个头不算大但也不小，骨骼发育健全，看起来像是成年猫。我问她几岁了？妹妹说带它去打预防针时，请医生看过，医生说年纪不小了，以人类来说大概是三四十岁左右。

我问："取名字了吗？"妹妹说："叫 Kiki[2] 怎么样？"我立刻表示反对，黑猫就叫 Kiki 也太庸俗了。妹妹问："那要取什么？"

"宁宁怎么样？"我提议。

妹妹问我为什么是宁宁？我对她翻白眼说：

"喂，宁宁是以贤妻良母闻名的北政所[3]，在背后支撑着太阁秀吉往上爬。以年龄来说，她已经是欧巴桑，就叫宁宁吧！"

我说明了这个名字的精神。妹妹"哦"一声，有点犹豫地点

1　Patrick Mboma，来自喀麦隆的足球球员。
2　动画电影《魔女宅急便》里的黑猫的名字。
3　原为关白正室夫人的称呼，后来几乎成为宁宁的专用名词。

点头。

住在老家期间，对猫会过敏的我，绝对不碰猫，顶多用脚戳戳它而已。它在睡觉时，我用脚的大拇指推它一下，它就会臭着脸小跑着逃开。

回京都的宿舍一阵子后，再打电话回家，才听说猫的名字就叫宁宁。我明明对它一点都不关心，却成为替它取名字的人，感觉有点奇怪。

我每几个月会回家一次，每次都发现它越来越胖。家人都说"才没有呢"，但我很久才见它一次，很明显能看出它的不同，绝对没错。不知道从什么时候开始，腹部和臀部的肉都连在一起了，脚变得好短。真不懂当时怎么会把它跟"麦保马"联想在一起。

它的行动看起来好迟缓，不知道是变胖前就这样，还是变胖后才变成这样。从这个架子跳到那个架子上时，它常会目测错误摔下来。要不然就是只有前脚勾住架子，慌张失措。平时很少看到它活蹦乱跳，大部分的时间都蜷着身子睡在向阳的舒适地方。我深深觉得，猫的工作就是睡觉。因为找个睡起来比较舒服的好地方，就是猫的工作吧？想在沙发坐下来时，通常最好的位置都被睡觉的宁宁占据了。"寄人篱下还这么不客气。"我用手指戳它屁股，它就会板起脸，很不情愿地换位子。

"宁宁才不是寄人篱下，它是家人！"

立刻飞来女性阵营的指责声，我皱起眉头，心想："啊，烦死人了。"

我跟宁宁处得很不好。可是根据家人说，宁宁好像特别喜欢我。它会正经八百地闻着我放在玄关的鞋子；我坐在椅子上看报纸时，它也会突然用身体摩擦我的脚再走开。

可能是野猫的关系，宁宁不会主动接近人，也从来没有跳到家人的膝盖撒娇过。硬是抱住它，它也会奋力挣扎。所以母亲认为，宁宁会发出嘶哑的喵喵叫声，用身体摩擦过我的脚，是非常亲密的表现。

"哪有这种事？"

难为情也是原因之一，总之我死都不承认。

某天晚上，我洗完澡出来，就看到宁宁蜷在玄关前。我们四目交接，它也没有走开的意思。我试着接近它，悄悄抚摸它的身体。它滑润的毛，摸起来冰冰凉凉，很舒服。我顺势搔搔它屁股附近，它露出一副很陶醉的样子，呆呆凝视着半空。

"还满可爱的嘛。"

就在我变得比较友善的刹那间，宁宁突然扭过头来，咬住我的手。"好痛！"我赶紧把手缩回来，手背上已经留下清晰的齿痕。

"可恶的猫！"

我像个凶神恶煞般站起来，黑猫以迅雷不及掩耳的速度从我脚下逃开。

上床睡觉时，我还不停搔着手背。被咬的伤痕又红又肿。我这时才知道，原来过敏这么麻烦。被咬的地方好痛，又好痒，可是搔也没用。要等到细胞扑灭侵入我体内的猫的抗原体，闷闷的痒痛感才会消失。

我与宁宁之间又陷入冷战。

宁宁住在我家的七年间，我都没有抱过它。尽管如此，有时它还是会以惊人的气势冲过来用身体在我脚上磨蹭，喉咙发出呼噜呼噜的声音。可是，每次把它摸得很舒服，都还是差点被咬。不过我已经学会算准时间差，提早把手缩回来，再"哼"地瞪它一眼。

去年春天我回老家，宁宁把头钻进桌上的花瓶里，拼命喝里面的水。我问妹妹它是不是口渴？妹妹担心地说："它的肾脏不太好，年纪也大了。"

我仔细看，发现它黑色的毛不知何时变成稍微带点灰色。它来这个家七年了，跟以前它给我的北政所印象相差很远，真的变成欧巴桑了。

夏天我回老家时，宁宁还是常常喝花瓶里的水。听说它的肾脏情况更糟了。我问三个月后就要结婚的妹妹，婚后宁宁该怎么办？她说新家不能养宠物，只好把宁宁留下来。

可能是妹妹把它捡回来的关系，它还是把妹妹当成头号主人。也不知它是否知道主人就快离开家，还是舔花瓶里的水喝，再跳到按摩椅上蜷着身子睡觉。没多久就听见它规律的呼吸声，有时还会发出"飞"的可笑打鼾声。

妹妹婚礼的前一个礼拜，我打电话回家，母亲嗓音低沉地说："宁宁可能不行了。"带去给兽医看，兽医说它的肾脏已经完全失去机能，这是衰老的现象，没有转圜的余地。

"我觉得宁宁会在婚礼那天死去。它会等你妹妹结婚，送你妹妹离开这个家才会死去。"

母亲说得很认真，我嗤之以鼻，回她说："猫哪知道这种事。"母亲很坚持地说："不，宁宁就是知道。"我交代完回家的日期、时间，就挂了电话。

我在婚礼前一天回到家。宁宁直躺在地板上睡觉，连蜷成一团都做不到了。原本清澈的眼白变得浑浊，视线茫然地徘徊在半空中。我轻轻碰触它的毛，它就晃动身体，显得不太高兴，我慌忙地把手缩回来。看到它急速衰弱成这样，我觉得恐怕撑不到明天了。

我偶尔会注意它一下，明明站都站不起来的它，竟突然失去了踪影。我急得在家里到处找，发现它换了一个地方躺着。瞬间我怀疑它是不是死了，仔细观察，看到它的腹部还吃力地起伏着。即使到这种时候，它还是要找个比较舒服的地方躺。猫活着的最大目的，果然是舒舒服服地睡觉。

当晚，我在看体育新闻时，忽然听见"呜呀啊"之类的吼叫声，紧接着是母亲和妹妹的斥责声。

"不可以！宁宁，不可以！"

连呼吸都很困难的宁宁，站在玄关门前，发出从没听过的凶暴叫声，似乎要家人放它出去。它来我家后，从来没有想出去过。有一次试着带它出去散步，它吓得攀在妹妹的肩膀上，没有下来走半步路。看到它害怕的样子，我们都很怀疑它以前是怎么当野猫的。

这么胆小的猫，居然吵着要出去。母亲和妹妹拼命阻止它。死亡已经逼近它。

过了一会，我再去看情形，它已经冷静下来，母亲和妹妹待在宁宁旁边，抚摸着它。哭红了眼的母亲和妹妹，看着彼此的脸，相互笑说："明天怎么办？"

婚礼当天，我因在婚礼前还有事，所以早上五点就起床了。走向洗脸台时，看到宁宁躺在浴室门前。我一叫它，它便吃力地张开眼睛，看了我一眼后，又闭上眼。

我预定在婚礼结束后，立刻搭新干线回东京。离家前，我去跟宁宁道别，深深觉得它是只了不起的猫。

参加完婚礼，回到东京，电话就来了。

母亲在电话中告诉我，宁宁死了。

目送前往婚礼场地的新娘出门后，宁宁在无人的静谧家中结束了一生。

宁宁跟七年前把自己捡来的主人一起离开了我家。

往高处爬

在电视、杂志、购物中心的特设广场，不时会看到那种设施。

"啊，那只手应该抓住那里嘛！"

看到有人挑战那种设施时，我都会替他们紧张。即便对着电视，我也会说："志村，后面、后面！"就是这样的心情。

高高耸立的水泥墙上，有红、蓝、黄、绿、黑等五颜六色的突出石块。人们用手抓住石块、把脚踩在石块上，攀爬墙面。有人一溜烟就爬到了顶端，有人则在中途就贴在岩壁上定住不动。啊！那只太贪心而伸出去的右手，再往那边移一下就行了嘛，把勉强踩出去的左脚移到下面的石块就稳住了嘛——在下面看的观众们，都会替上面的人着急。

仰望贴在岩壁上定住不动的人，局外人心里的声音会越来越激动，墙上的人却还是动也不动。最后，进退维谷的挑战者，只能硬着头皮尝试不可能的挑战，结果就是抓不住石块，悲惨地滑落下去。

"啊！"

抬头看着挑战者靠救命绳悬挂在半空中，人们就会发出这样的感叹声。我"呼"地喘口气，缓缓把手伸进攀岩粉袋里。

　　"要客观——对！关键就是客观。面对岩壁的人，觉得无路可走时，其实突破口就近在眼前了。只要把脚、手稍微移动三十厘米，就可以一举突破僵局，当事人却不会发现。他们会摆出不正常的姿态，仰头看着岩壁，只想在狭隘的视野范围内找出解决的办法。"

　　"也就是说，最重要的是战略。在攀爬前，要先模拟爬到终点的路线。当然，只是纸上谈兵的模拟，难免跟实际有落差。但是在我们的人生中，这是随时可能发生的事。不过，这种感觉似乎跟什么事很像，是什么事呢？对了，不就跟开始写小说前的心理准备很像吗？"

　　我仰望岩壁，满脑子想着这些事。这时，旁边有个声音对我说："呃，请准备开始了。"我慌忙说："对不起。"便走向岩壁，用沾满白色攀岩粉的手，攀住呈现圆形曲线的红色突出点。抬头往上看，终点的红色石块就在遥远的顶端。

　　"我要开始了。"

　　报备完后，我开始攀岩。

　　人为什么要爬山？因为山就在那里。

　　那么，我为什么要攀岩？因为有人请我写关于体验的报道文章——我不会给出这么俗气的答案。

我纯粹只是想尝试一次室内攀岩。攀爬附有五颜六色石块的岩壁这种活动，不知道为什么深深吸引着我。站在岩壁上的当事人与抬头看的观众，彼此之间的认知差异，远远超过其他运动，这点十分耐人寻味。当我自己爬上岩壁时，周遭人会不会看得十分着急，心想该怎么做才对？当我贴在岩壁上时，会不会也看不清楚岩壁的全貌呢？我就是想亲身体验，才来到岩壁前。

我去的室内攀岩专用设施，有小间体育馆那么大。里面的墙，一整面都是各种颜色的石块（专有名词是"岩点"）。尽管是非假日的大白天，还是有很多男女老幼在攀爬。

我首先挑战抱石[1]的岩壁。高四米的岩壁，岩面狭窄，有几个突出的岩点。我手攀岩点、脚踩岩点，往顶端爬。没有救命的绳索。下方铺着厚厚的垫子，双手抓到代表终点的顶端岩点后，就可以从适当高度跳下来。

岩壁到处都是突出的岩点，如果爱抓哪个就抓哪个，爬起来一点都不费力，所以要设定"规矩"。比如说，只能抓蓝色的岩点，或是只能抓红色的岩点，多了这样的限制就会增加难度。

我听从指导员的说明，先只抓蓝色的岩点攀爬。到终点是一直

---

[1] 在没有绳索保护的状态下，脚着攀岩鞋徒手攀爬不超过六米的石壁。

线，只要双手双脚交互移动，很轻松就到达了。指导员说接下来选红色，我欣然挑战。这次不是一直线的行动，岩点的位置大多在两旁或斜前方，难度较高，但还是可以迅速攀登。

哎哟，难道是我比较厉害吗？

就在我心情大好时，指导员说换岩壁吧？我就换到了旁边的岩壁。刚才的壁面斜度是八十度，所以身体都是向前倾，会比较有安全感。这次是九十度垂直。指导员说："来，沿着绿色岩点，往那边的终点爬吧。这次要稍微思考一下路线喔！"他指出路线给我看。原来在出发后，路线就从旁边长长延伸出去了，沿着那条线画出"コ"字形。

我把手伸入攀岩粉袋，在脑中演练身体的动作。然而，头脑想着先抓这里、后抓那里，再配合双手双脚的四个动作，思绪很快就混乱了。

我站起来，心想算了，还是先爬爬看吧。我用沾满攀岩粉的白色手指抓住起点位置的岩点，把脚稳稳踩在下面的岩点上。我张开大腿，要把左脚移到下一个岩点时，不知道屁股附近的哪个部位响起了"劈"的声音。

"啊痛痛痛痛。"

我揉着屁股，放弃攀岩，跌落在垫子上。屁股的肌肉好痛。这样的疼痛让我重新认知，在我充满弹性的屁股下方，竟然有这种肌肉在不为人知的状态下持续活动着。老实说，紧贴岩壁，勉强把脚踩到只微微映入视野角落的突出物上这种事，打从出娘胎以来，我还真没做过。恐怕屁股肌肉也惊恐万分吧？

疼痛深入骨髓，我又搓又揉，思索着哪里做错了？最大的问题或许是我的脚太短，但这还是初学者路线，脚短应该也爬得上去啊！

在我短暂休息的时候，有人挑战相同的路线，很快就爬到了终点，不禁令我怀疑那真的是相同的路线吗？那个人露出很有成就感的爽朗笑容，轻盈地跳到下面的垫子上，换我攀爬。我很快从屁股受损中振作起来，朝着岩壁前进。

我跟刚才失败时一样，想以勉强的姿势张开左脚，感觉屁股内侧好像又有点危险，慌忙合拢大腿。怎么办？第一步就跨不出去了。我束手无策，心想刚才那个人是怎么办到的？

"想想右脚该踩在哪里吧？"

这时候传来指导员的声音。似乎是在提醒我，问题出在右脚踩的立足点位置。于是，我试着在岩壁上做些改变。

→（右脚）

←（左脚）

把这样贴在墙上的脚改成（箭头是脚趾的方向）：

←（右脚）

←（左脚）

结果怎么样呢？看起来像内八字，有点难为情，可是不会对屁股造成任何负担，可以顺畅地、轻松地把左脚移到下一个岩点。

我紧皱的眉头豁然舒展。

接着，我展开了快攻。如同岩点的大小、位置、方向有千差万别，我们身体的使用方法也必须有千差万别。乍看很不自然的姿势，脚反而比较能使力，真的很不可思议。领悟到这件事后，我还来不及思考就突破了这条线路。我露出爽朗笑容，双手抓住终点的岩点，再轻盈地跳落在垫子上。

然后我从抱石的岩壁转移到引攀[1]的岩壁，继续挑战。引攀岩壁的高度，一口气增加到十米，但是腰间必须戴上器具，还绑了救命绳。

我迅速敏捷地爬上陡峭的岩壁。不过，毕竟是初次的攀岩体验，不可能从头到尾都顺心如意。面对最强大的敌人——万有引力，我无计可施，不得不服输。

倾斜超过九十度，要随时抓住岩点撑住，身体才不会从岩壁剥落掉下去。汗水淋漓攀爬两个小时后，我的握力减弱许多，在倾斜度一百度的岩壁才爬两三步，手指就抖得握不住岩点了。被一条救

1　在顶点架设"确保点"再套上攀山绳，由防护者协助拉动顶绳来进行攀爬，确保安全。

命绳悬挂在半空中摇晃，感觉窝囊极了。

肌力似乎也快到达极限。我恳请指导员教我倾斜度在九十度以内、可能爬得上去也可能爬不上去、有点难度的路线，作为最后的挑战。

指导员说，有面岩壁可能不太好爬，我站在他带我去的那面岩壁前，抬头往上看。壁面上布满五彩缤纷的岩点，但是就在我决定"只攻红色"的当时，眼睛就看不见其他颜色的岩点了，令人难以置信。

"我要开始了！"

当我伸手抓住岩点，把身体抬上去时，脑中的杂念瞬间消失了。所有的注意力都集中在如何抓住下一个岩点。就像益智问答节目的参赛者，拿出挑战最后机会的魄力，慎重且大胆地攀登岩壁。不知道为什么状况好极了，我竟然可以准确选择该以什么样的姿势把脚踩在支撑点上，准确到连我自己都觉得惊讶。

就在离地面八米、只剩最后三步的地方，我定住不动了。

左手臂到手肘的地方都在发抖。接下来要伸出右手，左手必须在瞬间承受全身的重量。

我处于坠落或到达终点的胜负关头。由于脸颊紧贴着岩壁，这样的姿势有点难度，所以我在思考该怎么做时，也不断在耗损左手的力气。不管成不成，我都决定放手一搏。

我把力气集中在左手上，放开右手。

还来不及反应，右手已经抓住花生状的红色岩点。于是我一鼓作气，冲向终点。

我心满意足，降落地面。在高昂的气势中，我决定再次尝试曾经挑战过但无法征服的抱石岩壁路线，坚持到最后的最后。我心想，说不定进步的成果会发挥作用，让我通过原本无法通过的地方。

然而，我还是在同样的地方，三两下就失败了。

脚怎么样都踩不到。看来，还是不可能进步得太快吧。

……宝

大学毕业后，我进了化学纤维公司。

新进员工职前训练结束后，我被分配到静冈的制造工厂，负责会计工作。

我还以为到了工厂就会直接被带去工作岗位，结果是要先在工厂实习，熟悉生产现场。我在机器嘶吼声不绝于耳的工厂待了一个月，工作是采三班制。

每次跟工厂的人聊起来，他们头一句话就会问我被分配到哪个部门，我说会计部，他们就会说："哇，是清水先生那里。"或是作出充满"哎啊"感觉的反应，几乎毫无例外。我问原因，所有人都异口同声说："清水先生很可怕。"这个清水先生就是我一个月后的上司——会计部组长。

工厂实习结束后，我去会计部工作。清水组长个子不高，但体格健壮。手臂很粗，耳朵因为长期练习柔道，已经变了形[1]。像是从

1　经年累月的柔道操练、比赛，会导致耳壳软骨变形，柔道界俗称为"柔道耳"。

地底下冒出来的低沉嗓音，有种无法言喻的威严。

"工作去请教今川，快点学会！"组长严肃地说。

光是面对组长大大的眼珠子，我就吓得缩成了一团，看来工厂的人对他的评语一点也不假。

开始会计工作一个礼拜后，举办了迎新会。在居酒屋时，我坐在组长旁边，从头到尾都很紧张。组长突然问我："今川宝都在做些什么？"

我一阵惊愕，瞬间以为自己听错了。

今川宝？

每天都不厌其烦地教我会计业务窍门，比我早两年进公司的今川前辈，看起来是很老实，但那张脸绝对称不上可爱。组长却用"今川宝"来称呼他？说到"宝"怎么样都会联想到最具代表性的"电子宠物鸡宝[1]""矢部宝"，就是"在尾端加宝，感觉比较可爱"的使用法。可是，"电子宠物鸡宝"是好几年前的流行了，组长也不可能对"矢部宝"有什么共鸣。不，最令人瞠目结舌的，还是组长对他的称呼，竟然蕴含这么亲密的情感。原来今川已经取得组长如此深厚的信赖，深厚到被昵称为"今川宝"了，好厉害。哪天我是不是也能和组长之间建立起坚定的关系，让他称我为"万城

1　译注：日本 BANDAI 公司在一九九六年发行的掌上电子宠物机。

目宝"呢？哎，我实在难以想象。

我默默喝着酒时，深受"今川宝"打击的耳朵，又受到更强大的震撼。

"最近我家的小孩宝……"

组长还是摆出那张可怕的脸，说起他家里的事，这时我再也看不清楚组长的真正样貌了。

小孩子再怎么可爱，有些话也不该在公开场合说。而且，从他话中可以知道他有三个孩子，最大的已经就读高中，不该再用"孩子宝"来称呼高中生了吧？

难道他是个非常溺爱孩子的父亲？我战战兢兢地往旁边瞄，那张带着些许苦闷的恐怖脸孔，怎么看都看不出有那种倾向。真搞不懂组长——我满腹狐疑，一口喝干了杯中的酒。

没想到几天后，我心中的疑问就烟消云散了。中午在工厂的餐厅和今川讨论假日的活动时，今川说："我宝会开车去，万城目，你要不要搭便车？"

我正夹起味噌拉面的手，猛然呈现静止状态。我宝？我忍不住抬起了头。

"干吗要说我宝呢？"我不由得用抗议的语气说："组长也老爱加个'宝'字，不是什么话都可以加'宝'啊！"

今川愣愣地看着我好一会，突然哈哈大笑起来。

"不是啦、不是啦。"

"什么不是?"

"在静冈话中,'宝'是'们'的意思,所以我宝是我们的意思。"

刹那间,"今川宝""孩子宝[1]"都跟着组长低沉的嗓音一起浮现脑海。

一粒味噌拉面的玉米粒,从我嘴角掉出来。

---

1 "宝"的原文是"っち",通常是对可爱的人、事、物的昵称,但在静冈有特殊解释,是"们"的意思。——编注

Fantastic Factory I

前几天我买了一张 DVD。

这张 DVD 的片名是《工厂迷人的每日》。

内容有点奇特。整片都是播放工厂的影像，仅仅就是这样。几乎没有音乐，也没有人出现。外观复杂的工厂，矗立在阴天的背景中。烟囱直指天空，导管弯弯曲曲，烟雾朦胧，机器发出嘶吼声。不时传来货车倒车的声响。外墙有条生锈的带状痕迹，在湾岸地区听得见风声。于波浪撞击破碎的背景音乐下，飞机飞过了被工厂身影遮蔽的天空。

这样的影像淡淡流逝着。工厂的外形十分庞大，却给人祥和的感觉。我目不转睛地注视着画面。

为什么买这种片子？因为我喜欢工厂，尤其是夜晚的工厂。大部分的工厂都盖在面积广大、视野辽阔的地方，所以被灯光照亮的工厂，朦胧浮现在黑夜中的身影，甚至带着些许神秘感。

以黑夜为背景，工厂灯光熠熠生辉的封面照片，深深吸引了我，让我不禁买下了这张片子。短短不到一小时的影片，从远处俯瞰的白天与夜晚的工厂景色，几乎是各占一半。我主观认为，喜欢工厂的人，都是喜欢夜间的景色。然而，实际上还是有人喜欢白天的景观。夜晚的工厂就只是美，相对于此，白天的工厂确实可以带给观看的人们迷宫般的乐趣，想象里面是什么样的结构。

打个比方，在高速公路上行驶于山间时，眼前突然冒出被削平的山地，上面有座老旧的工厂。可以看到像滑行道般的东西，向前迤逦延伸。那些滑行道是用来搬运什么呢？好几条滑行道绵延相连的尽头，有座高塔，塔的顶端有一扇门。那扇门是用来做什么呢？像大型牛奶盒的建筑物，表面上附着了无数的棚屋，是一开始就打算设计成这样吗？那个漏斗形状的东西是什么呢？如果遇到塞车，有足够的时间观察，我应该会漫不经心地想着这些事。

原来如此，白天的工厂确实也不错。可是我还是喜欢夜晚的工厂。从阪神高速湾岸线眺望的工厂群聚景观，耀眼得让我哑然失言。从东名高速公路眺望富士的群聚纸浆工厂，也会令我雀跃不已。

所以大学毕业后在工厂工作时（我并不是喜欢工厂就去工厂工作，只是正好被派去工厂），我非常喜欢天黑下班后从职场走回宿舍的时间。我工作的工厂是很大的工厂，有一座小城市那么大。基地被划分成棋盘模式，真的就像京都那样，道路上竖立着"三条通""四条通"等路标。宿舍坐落在隔壁基地，从这些道路走回去时，眺望两侧的建筑物，会给人许多遐想。

为了做月报比较晚下班时，在走出工厂基地前，不会遇到任何人。我独自走在被两侧建筑物包围的宽敞道路上。橙色、白色的灯光，交叠照射在一大片的白色墙壁上，仿佛就要响起铃铃铃的乐声，我不禁眨了眨眼睛。那种感觉，就像走在巨大的无人主题乐园。缫丝工厂的楼梯，以螺旋状缓缓延伸而上。道路两旁的路灯，排列得整整齐齐，照亮着无人经过的地面铁板。成群的飞蛾在霓虹灯旁喧噪着；虫在草地里悠闲地鸣叫着。我吹着口哨，走回宿舍。

DVD 是从工厂外面拍摄，所以机器的声音不是很清楚。不过，还是可以听得见，可想而知工厂里面有多么嘈杂。看着 DVD，我最先想起的不是工厂的景象，也不是每天穿在身上的工作服的触感，而是机器持续不断发出来的低沉、笨重的声响，伴随着缠绕全身般的震动。还有味道。化学药品那种甜得过火、难闻到受不了的味道。我很讨厌一大早就闻到那种味道，尤其是从处理味道特别强烈的原料的建筑物前经过时，我都会屏住呼吸走过去。

某天晚上，我在下班回宿舍的途中，抬头看见了满月。我边爬上品质保全室前的短坡道，边仰望天空，突然有种感伤，觉得没有自己容身之处。

"为什么我不能在天上飞呢？"

我对着月亮，闪过这种荒谬的想法。被浮现在月光中的工厂建筑物团团围住，仰头注视着光线清澄明亮的满月，不禁觉得爬坡爬到中途时很可能会忽然飞上天去。

夜晚的工厂，会让人做奇妙的梦。

回家的路上，尽管除了我之外，没有其他会移动的身影，但带着淡淡的白色、蓝色、橙色、绿色的路灯，依然默默照亮着工厂，只为了让我看得见。在四面灯光的照射下，我分裂的影子像日晷般贴在柏油路面上。

我曾问过安全课的人，为什么要开着灯？安全课的人发出"咦?"的声音，讶异地看着我，大概是从来没有人问过这种问题吧。

他说巡逻的时候，当然是开着比较好。"啊，不过，也可以等巡逻时再开，室内都是这样……""所以为什么开着呢?""嗯……为了安全吧?"他自问自答好一会儿后，还是给了我"不太清楚"的答复。

可是他又说，开着不是很漂亮吗?

"你巡逻时会不会做梦?"

我不怕被他笑，这么问他。

他盯着我看，温吞地回我说："在夜晚的工厂，走在没有人的地方，会觉得自己身体仿佛被无止境地拉长、影子仿佛就要溶入地面。"

夜晚的工厂果然会让人做梦。

我看着《工厂迷人的每日》，想起了那些让人做梦的日子。

Fantastic Factory II

在工厂工作时，我的隔壁桌是一位名叫"感性"的先生。

感性先生比我大五岁左右，我在工作上请教他："感性先生，请问这个该怎么做？"他就会笑嘻嘻地对我说："想知道吗？"

我说非常想知道，他就会说："嗯，我想想看，要告诉你呢？还是不要告诉你呢？"先卖关子卖个大半天，再巨细靡遗地教我。我跟感性先生并排而坐一起工作的时间大约两年，发现他奇妙的怪癖，是在被调到会计部的半年后。

随着计算机普及，现在的办公室都高呼"无纸化"，不像以前的会计部，厚厚的档案夹在架子上密密麻麻地排开来，必须一本一本地抽出来找数字。那时，我发现感性先生从架子上把厚厚的档案夹抽出来，发出沉甸甸的声响放在桌上，准备打开时，一定会低声唱着歌："恰啦啦哩啦啦——"

旋律就是开始表演魔术时的背景音乐《橄榄项链》（*El Bimbo*）。感性先生要打开档案夹的封面时，一定会唱一次这首歌。不知道为什么配上了"恰啦啦哩啦啦"的歌词，长度绝对只有一小节。

发现他这个怪癖，我完全失控了。每次感性先生把档案夹拿到桌上，从旁边传来"恰啦啦哩啦啦"的声音，我就得低下头，强忍住不笑出来。可是又不能每次都低着头，有时就会看着计算机荧幕拼命压抑。没多久，有人发现我老是独自对着计算机荧幕嗤嗤傻笑。

"万城目，你干吗一个人嗤嗤笑？恶心死了。"

坐在我正前方的后进女生，皱起眉头看着我。

感性先生立刻凑过来插嘴说："万城目，在办公室不要想情色的东西。"

这时我绝对不会说："都怪你啊，感性先生……"我怕说出嗤嗤傻笑的原因，感性先生很有可能不再"恰啦啦哩啦啦"地唱歌。感性先生的歌声非常小，整个会计部好像只有我听得见。对于感性先生的不当插话，我付之一笑。也就是说，我宁可牺牲自尊，也要让感性先生的"恰啦啦哩啦啦"持续下去。

然而，终于到了我不得不把这个秘密告诉别人的时候。

原因是感性先生的"恰啦啦哩啦啦"产生了天大的变化。某天，感性先生的"恰啦啦哩啦啦"突然没来由地改变了。

歌词依旧。那么，是什么改变了？

是旋律。前一天还边哼唱着《橄榄项链》的旋律，边打开档案夹的封面，后一天就突然改成了今井美树的《自豪》。

是的，感性先生把大家熟悉的开头一小节"我现在……"的旋律，搭配"恰啦啦哩啦啦"的歌词唱了起来。

各位读者，请务必用"恰啦啦哩啦啦"的歌词，实际唱唱看。把"恰啦啦哩啦啦"的歌词套用在《橄榄项链》与《自豪》的开头哼唱后，保证大家会惊叹居然与这两首歌如此协调。这天我原本以为也会听见《橄榄项链》，却突然变成了《自豪》，想必各位也能体会我的心情吧？

没错，我完全无法克制，噗嗤大笑起来。组长斥责了我："喂，工作中笑什么笑！"感性先生也立刻抛来"你一个人在笑什么"的视线。我赶紧说对不起，继续工作。这时候我选择保护感性先生的"自豪"，而不是自己的"自尊"。

那之后，感性先生的"恰啦啦哩啦啦——"彻底从《橄榄项链》变成了今井美树的《自豪》。我无从得知，感性先生的内心世界到底起了什么变化，迈入了什么样的政权轮替。我的疑问日益扩大。然而，这种近似灵异现象的事，以我的一般常识，怎么思考也找不出答案。

这么一来，只有一种解决办法。

那就是直接询问感性先生。请他毫无保留地告诉我，对他而言，"恰啦啦哩啦啦——"究竟意味着什么？

然而，这么做非常危险。感性先生大有可能是不自觉地唱出了

"恰啦啦哩啦啦——"。倘若我在这时候问错话，只是让感性先生知道了自己的怪癖，回我说："咦，我有唱吗？"谈话就此打住，那么只会使"恰啦啦哩啦啦——"的演出结束，造成我莫大的损失。

我烦恼了许久，决定把这个"感性先生的恰啦啦哩啦啦问题"，升格为全会计部的议题。

几天后，在某次的酒聚中，我趁感性先生不在时开口说："我有件事跟大家商量。"于是提出感性先生的"恰啦啦哩啦啦"问题来讨论。果不其然，他在二三米的近距离内，持续唱着"恰啦啦哩啦啦"却没有任何人听见，包括组长在内。也就是说，大家都很认真埋头工作。

所以我用今井美树的歌哼唱"恰啦啦哩啦啦"给他们听，告诉他们就是这样唱的，也没有人相信我。"没那种人吧？"坐在我前面的后进女生，根本全盘否定我所说的话。

"好吧，那下礼拜当感性先生打开档案夹时，你们可以观察看看。"我这么说，暂且中断了这个话题。

星期一上班时，会计部弥漫着异样的紧张。

除了我和感性先生外，组长和其他四名同事，都盯着感性先生的举手投足。偏偏这时候感性先生就是不站起来拿档案夹。每次坐在我前面的女生，与我四目交接，就会抛来"真的吗？"的视线，让我浑身不自在。

好不容易，感性先生终于站起来了。他缓缓走向架子，拿出半成品的厚重档案夹，咚地放在自己桌上，坐下来，把手伸向封面，用今井美树的歌哼唱着"恰啦啦哩啦啦——"，翻开了档案夹。

会计部的所有人都低下头，强忍住笑。

感性先生的"恰啦啦哩啦啦"问题，就这样成了会计部所有人的共识。然而，对于我说是否要询问他"恰啦啦哩啦啦"的意思的提议，组长说："不行！万城目，不可以问。"

就这么一声令下，了结了这件事。会计部全体同事决定，与其解开感性先生内心世界的谜团，还不如享受这个谜团每天带来的小小欢乐。

结果，我跟感性先生一起工作了两年，还没问过关于"恰啦啦哩啦啦"的事，就离开了工厂。

感性先生后来不知道为什么去参选议员，还成功当选了。现在是个年轻的议员，致力于地方发展。

我边写着这篇文章，边想着他是否能当个称职的议员？他为人老实、温柔敦厚，应该会成为很好的议员吧！但我最关心的还是"恰啦啦哩啦啦"的下落。

霎时，我开始想象。

在议会的席位上，感性先生穿得西装笔挺，桌上放着厚厚的议题相关资料。当感性先生要打开资料的封面时，低声哼唱着"恰啦啦哩啦啦"。

可是我想象不出会是什么旋律，绝对不是今井美树。他会在议会中用新的旋律哼唱"恰啦啦哩啦啦"。

那会是什么旋律呢？直到现在，每每想起这件事，还是会令我兴奋不已。

第 5 章

奇幻神秘之旅

经由大阪前往松山

我在大阪潜伏了几天。

向老家借了淑女车，骑在酷烈的太阳闪闪照耀的柏油路上，沿着谷町筋[1]直行骑到大阪城。大阪与东京相比，绿意显然减少许多，但道路十分宽敞，很适合骑自行车。我使劲往前骑的自行车，前、后都有购物篮，龙头中间有伞架（固定伞的器具），完全就是大阪淑女车的标准配备。

"喔，这条路不就是大坂之阵[2]时，德川家康进军的路线吗？"

我独自雀跃不已。

很久没来大阪城的本丸[3]了，最令我惊讶的是，走在路上的行人百分之八九十是韩国人。四面八方听到的都是韩语。从家庭旅游到学生的校外教学旅游，各式各样的人都有。天守阁下面的商店兼餐厅的欢迎板上，写满了韩国校名、旅行团名称。爬到天守阁

1　在大阪市内，原则上"筋"是指南北向道路，"通"是指东西向道路。
2　德川家康歼灭丰臣军的战争。
3　本丸是城堡中心部分，建有天守阁的地方。

上面，除了韩文外还掺杂了中文、英文，更是呈现一派国际性的景观。韩国和中国的女性，不管旁边有多少人，都会摆出很专业的照相姿势，感觉相当有趣。而最有趣的是那些姿势都很像镭射卡拉OK时代的流行歌曲唱片的画面。

大阪的天空晴朗清澈，万里无云，甚至可以遥遥眺望富田林市[1]的白色 PL 塔[2]，令我十分惊讶。

我又回去推出我的淑女车，骑车逛大阪城。

"喔，这条路不就是不知道现在还有没有在举办的大阪国际女子马拉松在比赛时突然放起 ALFEE 乐团的歌的路线吗？"

我独自雀跃不已。

出了大阪城，在骑往中之岛的途中，有好几艘船漂浮在有淤泥的河面上，船的四周装饰着灯笼与旗帜。船上的男人们穿着印有标志的短外衣，气势如虹。

"啊哈，今天是天神祭。"

我这才想起来。天神祭是日本三大祭典之一的大祭典。现在是大阪的盛夏，阳光完全没有减弱的趋势。晚上应该会在河面上大放烟火。风来得恰到好处，会把烟吹走，想必可以清楚看到夜空中的火花。

1　大阪府东南部的城市。
2　宗教团体 Perfect Liberty 建立的太平和祈念塔。

我很喜欢看烟火，尤其喜欢火花爆开的那一瞬间。当光的粒子向四周扩散时，火花背后的夜仿佛无声无息地缩了起来，有种看到"宇宙"动态的感觉。

所以我去看烟火时会不禁大喊："哇，宇宙！哇，宇宙！哇哇哇哇，宇宙宇宙宇宙宇宙！"

烟火大会是在刚才提到的 PL 塔周边举办，会发射十万多发的烟火，我曾看过，实在太壮观了。可是，我抬头看着烟火说的"从烟火可以感受到宇宙的存在呢"，至今还没有人表示赞同过。

这回我也很想感受大川[1]上空的宇宙，无奈已经跟人家有约了。我先回家一趟，再搭地铁去梅田。很惭愧，我虽然在大阪长大，却完全不熟以 JP 大阪车站、地铁御堂筋线梅田车站为中心的所谓"北线"区域。每次逛地下街都是跟着导览板走，无法掌握这里的整体样貌。我敢说，我绝对是以南海电车、近铁电车、JR、地铁难波车站为中心的"南线"派。

不过，说是"南线"派嘛，我又会很没脑子地说："哇，大阪球场什么时候不见了？以前我还去看过巨人队跟皇家队的比赛呢！啊，好怀念。"可见我对"南线"并不熟。

到梅田时，离约定时间还很久，我就去了书店。我的书前面，

---

1 流经大阪市内的淀川的下游的别称。

放着书店店员写的 POP 广告，上面写着：

"忍耐看到三分之一！接下来就能一口气看完！"

在东京绝对看不到这种感言，未免太直率了。我的心怦怦狂跳起来，走向店家。

大学时的朋友跟我约在御初天神居酒屋隔壁的高级和牛烧肉店，为我庆祝直木奖的提名。我询问他们的近况，有人说以三十五年的贷款买了房子，有人说跟新进人员很难沟通等等，都是很踏实的生活状况，我听得有点心慌。他们反问我过得怎么样，我说起接到直木奖落选电话时的沮丧心情，还以为这种事离他们的生活有点远，没想到他们听得津津有味。看来，人类听失败的案例会比听成功的案例更开心。我怀着又体会到一种人类真理的心情，带着他们送我的漂亮花束、订做西服的布料，踏上了归途。听说把布料拿去百货公司，就可以在那里量身订做西服。多么成熟的选择啊！他们都稳稳迈入了大人的阶段呢！我这么深深省思着，搭上空荡荡的地铁回家。

隔天，我离开大阪，前往下一个目的地——四国的爱媛松山。

途中，从列车的窗户看到姬路城、冈山城、丸龟城、今治城等，许许多多的城堡。看到城堡，我就会没来由地兴奋起来。男人对城堡的喜爱，是女人无法理解的嗜好之一。说起来，欣赏城堡的乐趣，就像欣赏蛋糕的乐趣。女人会隔着展示橱窗，专注地看着蛋糕上大大小小的装饰、倾注精湛技术的外观，沉浸在想象味道、口感的乐趣中。而男人对城堡的兴趣，就像抬头看着巨大的蛋糕。石墙是海绵，灰泥墙是蛋奶糊，瓦片是生奶油，瞭望台是莓果类，天守阁是又大又圆又红又好吃的草莓。请容我使用这么夸张的比喻，城堡的样貌也跟蛋糕一样，会因为材料的组合、大小的不同而改变。与筑城相关的花絮、城主家族的荣枯盛衰等历史背景，更会增添城堡的风味。

女人鉴赏完蛋糕后，会把蛋糕吃掉。我鉴赏完城堡后，也会进去走走。到了松山，我立刻前往伊予松山城。从天守阁眺望尽收眼底的松山市街，我不禁深深感叹："喔，这就是《少爷》的舞台。"我在撰写拙作《鹿男》前，读《少爷》读得入迷，所以很期待会有似曾相识的感觉，不料却没涌现特别的情感。放眼望去，都是有生以来第一次看到的陌生的四国风景。

从本丸往下看，居然看到有女性穿着《窈窕淑女》[1]般的衣服走在路上。我还以为自己眼花了，她穿着深蓝的和服裙、红白直线相间的上衣，骨碌骨碌转着洋伞，就像《少爷》里的女主角。没多久，又看到女主角前进的方向，出现一个穿着和服裤裙、白色上衣，戴着学生帽的男性。这回可是少爷本人了。我注视着下面，想

1　一九八七年由南阳野子主演的电影，改编自大和和纪的同名漫画。

看清楚到底怎么回事，就看到少爷和女主角并肩站在一起，开始跟观光客拍照。原来是为观光客安排的演出。

从山上的松山城开始，就费尽了心思。下山后，前往道后温泉，《少爷》的味道就更加浓厚了，几乎成了《少爷》游乐园。一下市营电车，便有两个长发飘逸、穿着女主角衣服的人对我说"你好"。作品中所有出场人物都会在整点跳出来的少爷机械时钟，在车站广场忙碌地转动着。

在前往道后温泉的途中，我逛了一下拱廊商店街的礼品店，也都是少爷咖啡、少爷糖果、少爷煎饼、少爷盘子、少爷馒头、少爷T恤、少爷人偶，还有不知道为什么变成少爷模样的儿童节目潘克的人物手机吊饰。总之，想怎么做都行。站前还有少爷列车、女主角巴士。套餐店有漱石套餐，完全是铺天盖地的少爷攻势。

走出或许该称为"少爷路"的拱门商店街，终于看到雅致的道后温泉本馆的建筑物。"少爷"曾拿着一条红色手巾来这里。我大手笔买了一千五百日圆的入场券，钻过布帘走进去。上三楼后，被带到闷热的小房间。在没有冷气的房间，关起窗来换衣服，热得我满头大汗。换好浴衣出来是走廊，前面就是夏目漱石出浴后纳凉的房间，听说被称为"少爷之房"。我看了一下，里面挂着漱石年轻时的黑白照片，算得上是眉清目秀的帅哥。感觉很像谁，但我一时又想不起来，好像有点像奥田民生[1]，却也不完全像。

"啊，感觉有点不舒服。"我喃喃念着，走向浴池。道后温泉的水温高达四十二三度，是非常不宜人的温度，不能悠闲地久泡。我在花岗岩的浴池坐下来，盯着雄伟的汤釜[2]，上面雕刻的人物很像富态的神明。我暗自嘀咕着好烫好烫时，听见后面有人说："这是少爷游过的浴池。"

我正要从浴池抬起来的臀部，又缓缓沉入水中。

偷偷观看左右后，我确定两旁都只有一个头浮出水面，宽敞的浴池里没有其他人在了。

不用说，我当然是突然想游泳。

可是刚才有人说少爷在这里游过，我十秒钟后就开始游，也太容易被识破手脚。我计算着时机，装模作样地洗脸作掩饰。

不过，也真的太伟大了，区区一本小说，居然可以被应用在这么多的地方。而且诞生百年以来，持续受到大家的喜爱。甚至有人在《少爷》的启发下，写了长篇小说，还千里迢迢跑来松山泡澡。被做成礼品的模样，不可否认多少有点滑稽，但是这么幸福的小说很难再有了吧？

这时候，两个小学一年级左右的小孩，啪啦啪啦溅起水花，彼

1　日本创作歌手、吉他手、制作人。
2　烧热水的大锅，圆筒形。

此追逐着从我眼前游过去。

我赶快站起来。

"喂，你们两个小心不要溺水了！"

看似父亲的人假装在后面追他们，堂而皇之地游了起来。水比想象中深，脚可以滑动。我猛然煞住站起来的动作，想用手顶住底部撑住身体，却碰不到底部，真的差点溺水了。

从口中"噗"地吐出水，站起来时，看到贴在墙上的告示："禁止小朋友游泳"。[1]

1　日文的"坊ちゃん"有大少爷、小朋友、小弟弟、令郎等意思。而告示上是写着"禁止坊ちゃん游泳"，应有双关语之意。

不会喊 "热"

梅雨季节刚过，天气越来越炎热，热得叫人烦躁。明知喊也没用，还是动不动就喊热。

不过，热到这种程度，气温还是很少超过摄氏四十度。目前日本的最高气温纪录，是岐阜县多治见市与埼玉县熊谷市的四十点九度。再怎么连声喊热，在现今的日本还是不可能有四十一度的体感温度。

对，在日本不可能。

最近我去中东迪拜晃了一圈回来。

迪拜是位于阿拉伯联合酋长国的都市。这个面临波斯湾的城市，近年来致力于发展旅游观光，迅速提升了知名度。

显而易见，迪拜的各方面都是以世界第一为方针，市街现在也都还在建设的高峰期。据说全世界有三成的起重机都在迪拜运转。

即便是这样的迪拜，也是开车二十分钟就可以从市中心到达一望无际的沙漠。我在穿越沙漠的公路上前进，目的地是位于沙漠中央的旅馆。去那里没什么事，只是去看沙漠。我不知道这么做好不好玩，只是想看沙漠的好奇心把我带到了这里。

从迪拜市中心出发一个小时后，到了四周都是沙漠的旅馆。一下车，就觉得哪里不太对劲。眼睛也没办法完全张开。脸微微刺痛。鼻子呼气时，鼻腔热烘烘的。被带到农舍风的房间后，我从行李中拿出电子闹钟。液晶荧幕的右上角有气温显示。室温是二十五度。我拿着闹钟走出房间。房间前是连绵不绝的无垠沙漠。我把椅子搬到艳阳高照的沙漠，把闹钟放在座位上。

我盯着液晶看，气温还没有变化。我想亲眼目睹数字迅速往上蹿升，可是还不到三十秒，我就躲回房间里面了。说来有点夸张，根本没办法待在外面。

我在日本体验过的最高气温是三十九度，地点是东京银座，眼下汗水蒸发，眼睛也微微刺痛。但现在的热，显然跟那时候的性质不同，给人"危险"的感觉。

到底上升到几度了？三十分钟后，我带着兴奋好奇的心情，又走出房间。

从座位拿起闹钟，看到数字显示的刹那，我不禁怀疑自己的眼睛。

五十一度！

就在我盯着画面看时，数字又"哔"一下往上升，变成了五十二度。

我慌忙躲到阴影处。即便没晒到太阳，光站着，眼球就热到痛了。我仔细玩味五十度这种未知的体感温度，有了新的体会。

人类面对超越极限的热度时，根本喊不出"热"。还能喊热，证明还有忍耐的空间——这就是我远赴迪拜，热得泪眼汪汪，唯一学到的关于人类的事实。

请千万不要告诉我另一个事实，那就是这种事不知道也无所谓吧？

在京都大街小巷踩自行车

自行车很适合京都的生活。

京都学生骑的自行车的轮胎,都添加了特殊荧光剂。凡是轮胎经过的地方,不管是泥地、柏油路或草坪等任何路面,这种荧光剂都会附着在上面。荧光剂在地表残留的时间,通常为四至五年。

这是京都市正在悄悄进行的防灾计划的一环。这种荧光涂料只会在某种条件下发光,亦即当周围都失去亮光时,它就会对黑暗产生反应,透过地热能量发出冷光。毋庸置疑,目的是为了预防都市因某些灾害失去机能。在基础建设损毁时,过去四至五年间驶过京都大街小巷的几十万、几百万条的车痕,会同时绽放光芒,照亮市民们的道路。

考量有限预算、四至五年的材料耐用期限、尽可能扩大范围的必要性这三点,把目标锁定在学生们的自行车,是合理的决定。

专家们针对占京都市人口约一成的这些人,逐一做了惊人的自行车生活报告。不管多少距离他们都会骑自行车,去大原三千院[1]

---

1 位于京都市左京区大原的天台宗寺院。

时骑自行车，台风来时骑自行车，约会时骑自行车。是自行车把今出川通的景色变成了环法自行车赛场，把东一条通的景色变成了天安门广场。专家们把这个计划的成功希望，寄托在这些人始于自行车、终于自行车的学生生活上。所以他们现在也骑着自行车在京都的大街小巷钻来钻去，为了社会、为了人们、为了意外灾害，当然也是为了尽情享受他们忙碌却不起眼的青春时光。

以上纯属天大的谎言，唯独骑自行车在京都奔驰的无限畅快是真的！

夏日一九九五

今年又到了威尼斯国际电影展的季节。

才这么想，它就在不知不觉间结束了。

威尼斯国际电影节与柏林国际电影节、戛纳国际电影节并称世界三大电影节。感觉全世界随时都有地方在举办什么电影节，但是对我而言，只有威尼斯影节最为特别。

说到威尼斯影展，是夏季在面向亚得里亚海的白色建筑里举办。就在面向亚得里亚海的海水浴场，我的所有行李都被偷走了。带来的钱、机票、护照等物件，全都在里面。我不但身无分文，连证明自己名字的证件都没了。

那时，我还是大学一年级的学生。

上大学后的第一个暑假，我背起有支架的双肩后背包，一个人去了欧洲旅行。是在猿岩石展开横越欧亚大陆的搭便车旅行的前一年。

我从西班牙的马德里出发，绕过葡萄牙，再进入西班牙，沿着地中海横越法国，进入意大利。

"那里不太安全，小心点。"

进入意大利前，好几个去过意大利的背包客都这样告诉我。其中有人在罗马被偷走钱包，他所说的话特别惊悚。

在罗马市内，有条路线的公交车被称为"小偷巴士"。这些观光客最常搭乘前往罗马竞技场的巴士上，频频发生窃盗案，所以被冠上这样的称号。这名背包客说，他搭乘"小偷公交车"时特别小心，没有把钱包放在裤袋里。搭上车付完车钱后，立刻把钱包塞进背包，再把背包抱在身体前面站着。到目的地罗马竞技场，他就下车了。他松口气，心想平安度过了危机，不料拉开后背袋拉链，钱包还是不见了。

"原来意大利的小偷是用魔法啊！"

听我这么说，他正经八百地点着头说大有可能，因为他百思不解钱包是怎么被偷走的。

我如临大敌地前往意大利。到达罗马时，发现真的有点乱。因此我决定不搭公交车，走路去罗马竞技场。途中遇到一个在路边哭泣的香港女孩，膝盖流着血。她说刚才有两个骑摩托车的人，硬是拉扯她的随身行李，她用力拉住，不让他们抢走，就在石子路上被拖行了一段距离。多么可怕的城市啊！我从背包拿出随身携带以备不时之需的卫生纸，递给含着眼泪、露出坚强笑容的女孩，对她说："把血擦干净吧！"打从心底不寒而栗。

那之后，我待在罗马的期间，都把背包抱在胸前。走出商店时，必定观察左右，确认有没有人尾随；走在路上也处处提高警觉，简直就像电影《这个杀手不太冷》。即便这么小心，还是在下一个停留地点威尼斯，被偷走了所有行李，分文不剩。要怪只能怪我自己笨，但运气真的也不太好。

一个人旅行最麻烦的是去海边游泳时贵重物品的保管。平常可以把机票、护照、暗藏的旅行支票，统统塞进腰包里，随身带着走，可是总不能把腰包缠在腰间游泳吧。或许可以寄放在旅馆，可是我住的青年旅馆，会把房客的行李都公开放在柜台附近直到傍晚，所以最好不要寄放贵重物品。

总而言之，单独旅行、投宿青年旅馆，就不该去海边游泳。可是从罗马去了威尼斯的我，还是受不了诱惑去海边游泳。因为根据我的调查，在威尼斯游泳，就等于在亚得里亚海游泳。

这趟旅程，我在葡萄牙游了大西洋、在尼斯游了地中海，征服了世界闻名的大海。尽管只是战战兢兢地把身体泡进海水里，尖叫一声"好冷"就上来了，但也算是征服。都八月了，欧洲海水的水温还是低得吓人。不过那里的人都不游泳，只会在和煦的阳光下做日光浴。顶多为冷却发热的身体，泡进海水里。

欧洲当地的海水太冷，海滩又满是小石子，颠覆了我在日本时对海滩的想象，所以到了威尼斯，即便知道有海水浴场也不想去。

但知道威尼斯的海就是亚得里亚海时，就立刻激起我去的欲望。我兴奋地冲向了海水浴场所在的丽都岛（Lido）。我拜托在沙滩的遮阳伞下休息的日本观光客，帮我看管不知该放哪里的随身行李。对方笑着回答我说好，我就飞也似的奔向大海。

亚得里亚海的水温很高，平浅的海滩连绵不绝，比较像日本的海，颇有亲和力。我摸熟亚得里亚海后，就游出了大海。

当回到遮阳伞的地方时，替我保管行李的日本观光客正呼呼大睡。不幸的是，只有我的背包被偷走了。瞬间我失去了一切，包括护照、回程机票、信用卡、现金、旅行支票和换洗内裤。

我去找海水浴场的服务台，才知道这种事屡见不鲜。管理员大叔火冒三丈，用极其不堪的字眼咒骂无影无踪的小偷。我呆呆伫立，不知该如何是好。他每隔十秒就拍拍我的肩膀，对我说："好的！没问题！"每次被拍一下，我就更沮丧，心想："不、不，问题可大了。"最后跟大叔去了警察局。

在警察局说明事情经过，警官大人也很同情我。做完笔录后，警官就指着建筑物外面说："OK，你可以走了。"我在内心发出"咦？"的疑问，但仔细想想，警察能做的也只是这样。我走出警察局，越来越忐忑不安。

在警察局前，跟来的日本观光客觉得自己多少有点责任，就借给了我两万日币。我心想，两万日圆也回不了日本，但还是谢谢他，便分道扬镳，搭上有水上巴士（Vaporetto）之称的船，回威尼斯本岛。坐在船上，眺望着威尼斯街道时，一股无名火油然而生。船一到本岛，我没付钱就逃下船了。

只穿着泳装、T恤的我，横越威尼斯街道，回到青年旅馆。加上藏在有支架的双肩背包里的一万日圆，我的全部财产是三万日圆。晚餐时，为了尽可能节省支出，我打开厨房的公用冰箱，说声"对不起"，就把不知道谁塞在里面的奶酪和腊味香肠吃掉了。顺便把白酒也喝光了。

第二天，我坐最早的列车，回到日本大使馆所在的罗马。详细内容我就不多说了，总之这辈子从来没有被那么多人帮助过。直到现在，还是觉得感激不尽。多亏大家帮我取得了新的护照、新的机票，还帮我筹措了金钱。

到罗马的第三天，我去日本大使馆拿临时发行的护照，大使馆的人告诉我，威尼斯警察已经来通知说找到了我的随身行李。在笔录的联络地址栏，填上日本大使馆，果然是对的。

我带着全新的护照，再回去威尼斯。

四天不见的威尼斯，气氛感觉不太一样。满街高挂着横布条，看起来特别热闹，像是有什么活动。旅馆全都客满，我问到第四家，好不容易才租到房间。我问老板是什么活动，得到的答案是"Venezia Cinema Festa"。

我愣了一下才反应过来。

"哦，那不就是威尼斯国际电影节吗？"

我难掩兴奋并询问会场在哪里，老板说在丽都岛。没错，那正是我落难的地方，我现在要去领回行李的警察局就在那里。

我搭乘水上巴士，穿越运河前往丽都岛。在码头附近的警察局，领回了我被偷的后背袋。确认过后，只有护照和值钱的东西被拿走，其他东西都还在。我换上泳装后随手塞进去的内裤，小偷也好心帮我留下了。

回威尼斯该办的事已经办完，但我当然不甘心就这样离开。我向警官询问电影节的场所，他说沿着海水浴场走到尽头就是了。我在码头前搭上巴士，很快就看到可恨的海水浴场。我冷哼一声背向大海，巴士停在高大的白色建筑物前。处处可见 TV 器材，电影广告塔林立。看来，这里就是会场了。我不知道闲杂人等可不可以进去，反正就跟着人潮混进去就是。所有人都穿着高级的衣服，谈笑风生。室内装潢的浓浓味道弥漫四周。穿着短裤、T恤的我，浑身不自在。

不过，既然都来到了轰动全球的威尼斯国际电影节，我起码也要看部电影再回家。我找到电影票贩售处，很快就买到了一部长片、一部短片组合的时段的电影票，票价相当于日币七百圆。

进场才知道已经客满，没位子可坐。没办法，只好跟其他多数人一样，坐在阶梯上。环顾四周，戴眼镜的比率还真高。每个人的衣服看起来都很昂贵。大家都是盛装打扮呢！啊，真希望赶快播放电影，会场赶快暗下来。穿得邋里邋遢的我，觉得很丢脸。正这么想时，就开始播放短片了。

好像是西班牙的电影，字幕只有意大利文，我完全看不懂在演什么。

既然一句也听不懂，实在没资格说什么，可是这部电影真的很无聊。不过，电影再无聊，我也会坐着看完。令我惊讶的是，周围的人一个个站起来走掉了。没多久，不满的嘘声四起，可以说是毫不留情面。但有触动人心的对话时，又会瞬间变成掌声雷动。

第二部是长片。我还是听不懂语言，但看得出来是部感人肺腑的电影。就在电影结束的同时，所有人都站起来，往我这边看，开始拍手。我转头一看，貌似导演的人正在上排的位子挥着手。我也站起来拍手。掌声足足持续了十多分钟。这样的光景也十分感人。

走出会场，眼前是碧波万顷的亚得里亚海。

那是一九九五年夏天，发生在威尼斯的事。

直到现在，我看北野武参加威尼斯国际电影节的纪录片时，脑中都还会浮现当时的光景。"啊，那就是我坐的阶梯。"有种奇特的情感。旅行时的感觉又涌上心头，不由得开心起来。有时想起护照等所有东西都被偷得精光，自己茫然不知所措，手抖个不停的样子，也会觉得很丢脸。

被偷的护照还有续集。

某天，老家的母亲接到一通电话。"我是国际刑警国际护照课的人。"电话那头的男人这么自我介绍，说在洛杉矶发现我的护照，询问我现在人在哪里，母亲回他说我在京都大学混日子。

"这样啊，果然是偷来的护照。"

两天前，有个三十多岁的亚洲男性，拿着我的护照试图偷渡进洛杉矶。他把照片换掉了，可是我护照上的资料是记载二十出头，他怎么看都老很多，所以被识破了。我被偷走的红色护照，照片只是用透明胶带贴上去而已，据说当时是全世界最容易伪造的护照。国际刑警打电话来说，希望我可以告诉他们护照是怎么样被偷的。

几天后，母亲告诉我这件事，我惊讶地说："原来真的有国际刑警？"对于护照还在陌生的地方继续旅行，我也大呼不可思议。

究竟是经过多少坏人的手、普通人的手，才去得到洛杉矶呢？

我的护照在威尼斯海边被偷走的三年后，终于结束了漫长的旅程。

奇幻神秘之旅

【谜　一】

二十一岁的夏天，我在泰国南部骑电动车时，前轮卡进泥淖，猛然翻车。我躺在泥淖里呻吟，附近居民三三两两走过来。

"痛吗？"有人问。

我说："很痛。"

他们从两边腋下抱住我，把我抬到铺着像是草席的地方。

"先在这里躺着。"

我听他们的话躺了下来，看到几个男人把翻倒的本田小狼抬起来，把弯掉的踏板扳直。

有阿姨拿水盆来，帮我清洗血流不止的脚的伤口。清洗完后，我还是虚脱地躺在草席上，大人们都好奇地看着我。

帮我清洗脚伤的阿姨可能是鼻塞，把看起来像是眼药水滴管、但出口处呈杏仁状的东西，爽快地插进鼻子里，嘶嘶吸着。

就在我跟她四目交接时，她说："啊，要不要用？"把深深插入鼻腔里的"鼻嘶嘶"拔出来，很自然地推荐给我。

"不，不用。"

我虚弱地笑笑，诚恳婉拒了。

一年后，在很多便宜旅馆汇集的香港重庆大楼的电梯内，又勾起了我的回忆。

因为眼前有个高大、褐色肌肤的男人，正把那个令人怀念的"鼻嘶嘶"插进鼻腔里，深入到不能再深的地步。

难道这个"鼻嘶嘶"是亚热带生活圈的必需品吗？到底是什么名称呢？举例来说，tonkachi[1]、tokage[2] 这两个单字，其实都是来自马来西亚的语言。如果鼻嘶嘶跟这两个单字一样，在日本也有众所周知的名称，一定很有趣。我边想着这种事，边专注地看着被爽快插入鼻腔里的"鼻嘶嘶"。

这时候，男人突然低下头，视线与我正面交会。

"啊，要不要用？"男人把"鼻嘶嘶"从鼻子拔出来，以令人傻眼的自然动作把杏仁状的头部朝向我说："要不要？"

"不，不用。"我苦笑着婉拒。

"哦，是吗？"男人立刻塞回鼻子里，又嘶嘶吸了起来。

在男人走出电梯的那层楼，电梯门才打开，就飘进了强烈的异国香料味道。我看到男人前往的旅社招牌上写着巴基斯坦的都市名

1　马来西亚语 tongkat，铁锤之意。
2　马来西亚语 takek，蜥蜴。

称。难道在东南亚、南亚圈，那个"鼻嘶嘶"是到处流通的东西吗？就像借一下打火机的感觉，彼此借来借去吗？我在只剩我一人的电梯里思索着。

这是至今仍未解开的谜团。

【谜 二】

二十二岁的秋天，我曾走在柬埔寨的暹粒市。会来这里，是因为这个城市的郊外有吴哥窟遗址，点点散布着卓绝的古迹群。

在宏伟的古迹里，我上上下下爬了好多楼梯。回到市内，决定去做吴哥窟按摩。吴哥窟按摩是采用当地的传统按摩法，由盲人按摩。

我在柜台登记完后，坐在床上等人来。一个男人摸着墙壁，默默走上阶梯。他留着短发，身材纤细，长相温文儒雅，看起来像个和尚。他走到我前面，指着墙边的笼子说："有行李的话，请放在那边。"我好像有出声又好像没出声地回应他："哦。"从床上下来，把后背袋放进笼子里。

男人闭着眼睛，默默望着天花板。

我回到床上，他就问我："日本人？"

用的是我在当地经常听见的嗓音，有点像女生。

我大吃一惊，因为我还没有跟他说过任何话，他又看不见我。

我问他为什么知道？他沉着地笑着说：

"Atmosphere（氛围）。"

回答得简短扼要。

太惊人了，要说我给过他什么提示，就只有在他说行李请放这边时，我回应"哦"，并有点别扭地移动身体而已。除此之外，他连我的喘气声都没听见，却准确猜中了我的国籍。

据说失去听觉、视觉，其他感官就会变得比较敏锐。可是光凭空气的些许晃动，就可以猜出我是日本人也太厉害了。话说，日本人到底是怎么样的"Atmosphere"？

这是至今仍未解开的谜团。

【谜　三】

二十三岁的夏天，我漫步在土耳其的卡帕多西亚（Cappadocia）。

看到奇怪的岩石，好像香菇般从大地长出来的模样，我不禁在心中大叫"阿冲布里开[1]"。从他们穿凿地底盖出来的地下城之庞大，可以想见基督徒的决心有多可怕，令人震慑。

结束观光后，我去了隔壁城市的 HAMMAM。

HAMMAM 是土耳其语，公共澡堂的意思。土耳其的澡堂跟

---

1 《怪医黑杰克》里的故事人物皮诺可的口头禅（ACCHONNBURIKE），据说是作者手冢治虫小时候的童言童语。类似于"真不敢相信啊"的意思。

日本不一样，是属于蒸气浴。在这个湿度较低的地方，是先做三温暖、除垢，再用冷水清洗，来保持身体的清洁。听起来很有趣，所以我决定奢侈一下，来体验看看土耳其浴，消除旅程的疲惫。

在巴士站下车没多久，就看到很大的巨蛋形建筑物。那就是我要去的土耳其浴场所。在入口处领取储物柜的钥匙，换上泳衣，就先被带去了两张榻榻米大的三温暖室。带路的人向我说明了步骤，他说要在这里待多久都行，做完三温暖就去泡冷水，再去里面的房间。

要待多久都行，的确很实惠，可是我不喜欢三温暖。我不懂去坐在那种呼吸困难的地方，有什么乐趣可言。虽然可以无限享受，但我三分钟就厌倦了，勉强撑到五分钟，觉得差不多，就结束三温暖出去了。

三温暖室外面是优雅的回廊式建筑。回廊中央是冷水澡缸，十分宽敞。我泡在冷水里，抬头往上看，是辽阔的土耳其蓝天。是露天的冷水浴。除了我之外，好像没有其他客人，里面有点冷清。等身体冷却下来，我就走向带路人刚才指示的房间。

在这个时候，我对土耳其浴的认知，是从旅游书上看到的下面三点：

· 会有男性替客人除垢

· 穿着泳衣

· 没有日本那样的浴缸

打开老旧的门，里面房间就在巨蛋形屋顶的正下方。宽敞的房内，有处像舞台般稍微高出地面的空间，看似大理石材质。前面有张台子，一个年纪很大、身材魁梧的白种女人躺在上面，让男人在她背上推过来揉过去。

男人看到我进来，停下动作，对我说："有女性在时，请先在外面等。"我只好出去，等他叫我。我又重复做好几次三温暖、泡冷水浴，大约三十分钟后，女人才走出房间，换我进去。

请我进去的那个男人，好像心情不太好。不过，也可能他天生就是那张心情不好的脸。而且块头又大，嘴边有浓浓的胡须，表情也很严肃，很像伊朗的英雄阿里·代伊（Ali Daei，前伊朗足球运动员）。

男人上半身赤裸，露出厚实胸膛，用长毛巾缠在腰间遮蔽下半身，以豪迈的姿势打开双脚站立。卷曲的胸毛在胸前卷成漩涡，我莫名觉得他全身散发着"土耳其浴男"的光环。

"脱掉泳衣。"

男人草草打过招呼，就下了简短的指示。

"咦？"

我不由得发出惊叫声。因为我在旅游书上看到的信息和经验谈，都是说可以穿着泳衣，没有写到任何需要裸露的地方。

不，不过，刚才那位大婶的确没穿泳衣——正当我犹豫不决时，男人不耐烦地指着接下来该去的地方说："快脱掉泳衣！快去那边冲水！快来躺在这里！"

我被男人的气势压倒，赶快脱掉泳衣，赶快去冲水，赶快爬到台上躺着。男人直盯着我看，表情很可怕。

躺在台上望着天花板的我，当然是《*Full Monty*》[1] 的模样。不懂意思的人，把"Monty"换成"那话儿"就行了。我像个初生婴儿，光溜溜地躺在阿里·代伊前面，连条毛巾都没有。我死了心，不再抗拒。男人在我面前，把包着肥皂的布放在手中搓揉，让布一下膨胀、一下紧缩。没多久，从那条布冒出许多白色泡沫。男人把膨胀得像棉花糖的泡沫扯断，堆放在我胸前。

男人以豪迈的手势抹开我胸前的泡沫，开始洗我的身体。我已经搞不清楚到底舒不舒服，只想着清洗的部位再这样继续往下挪移，我的私处与阿里·代伊那双粗壮的手，总会有相遇的瞬间，我比较在意这个 X 时刻。

明明是来体验轰动全球、闻名遐迩的减压放松，我的身体却处于非常紧张的状态。会不会洗到这里呢？不会吧？不，应该先怀疑这是不是土耳其浴？我会不会被骗了？这样的疑虑、否定、驳斥，

1　百老汇音乐剧《一脱到底》。

在我脑中掀起狂风。然而，男人完全看不出我内心的恐惧，用他那双大手画出弧线，从我的胸膛、上腹部、腰部慢慢往下移动。我快吓死了。好害怕，真的好害怕。可是我没想过要从台上逃走。因为即便吓成那样，还是甩不掉日本人的天性，担心那么做会伤害对方。

然后，X 时刻终于到来。

"唰啵、唰啵……"

男人的手也没打声招呼，就豪迈地洗起了我的私处。从底部朝天花板的方向往上洗，洗得彻彻底底。

"喔！"

我不禁发出惨叫声。阿里·代伊不知道为什么浮现出淡淡的笑容，又再次"唰啵、唰啵"由下往上洗。之后一副没事的样子，转移到大腿。我终于安下心来，注视着天花板，但还是暗自嘀咕："什么跟什么嘛——"

洗完前面，换洗后面。光洗前面，就搞得我筋疲力尽了，但我还是乖乖听男人的话，趴在台上。还不能掉以轻心，后半战役也有难关要过。没错！就是屁股。男人的手搭配着泡沫，在我背上边推揉边快速往下移。

都已经"唰啵唰啵"洗起来了，我还抱持着一丝丝的希望，心想再怎么样也不可能洗到中间部位吧？即便是工作，他也不想洗那个地方吧？

但是我太天真了，天真得可笑。

"唰哗！"

不知道什么东西以雷霆万钧之势滑过我的股沟。

"Ouch！"

我不由得放声大叫，用力蜷缩起来。

至今以来，这世上有很多日本人喊过"Ouch！"，但我敢说，没有人把"Ouch"的发音发得如此精准。

怎么会这样呢？男人居然把右手的手指并拢，作成手刀状，如闪电般疾速划过我的股沟。

"唰哗！"

男人的手刀二度划过股沟。

"Ouch！"

我的声音尾随他的动作，响彻巨蛋。男人发出呼呼呼的含糊笑声。我有种莫名的失败感，喃喃念着："什么跟什么嘛——"

十分钟后，我躺在带有热度的大理石上，呆呆望着天花板，室内空无一人。光线从开在巨蛋上的窗户照下来，在袅袅上升的蒸气中形成好几条线。

把我全身里里外外彻底洗过的男人，撂下"随便你爱待多久都行"这句话，就带着工作圆满结束的愉悦表情离开了。

我在大理石上躺成大字形，意识朦胧地思考着。刚才我所受到的服务，是标准规格吗？还是"特别规格"？绝对是在旅游书中穿着泳衣来这里按摩的人没有经历过的服务吧？那么，当地的壮硕大叔来的话，那个阿里·代伊也会豪迈地帮他们"唰啵、唰啵"清洗，再"唰哗"划过股沟吗？

　　我很想从下一个客人确认这件事，可是怎么等都没人进来。没办法，我只好走出房间。回到旅馆，我又翻开旅游书看，根本没有全裸洗土耳其浴的记述。

　　在热气腾腾的宽敞室内，我与阿里·代伊共同度过的时间，究竟是怎么回事？

　　这是至今仍未解开的谜团。

遥远的蒙古——前篇

说起来愚蠢到不行，我竟然曾经想当个蒙古人。

不是小时候，而是在有了选举权，成为不折不扣的大人之后。

我想，与其在艰难的世道中汲汲营营，还不如去大草原过着自给自足的生活。学鸭长明在小河边结草庵，眺望河面水花，耽溺在没入草原的太阳中。就业前很多大学生会罹患"无常病"，我也不例外，得了这样的病。

大四时我参加了就业活动，但很快就放弃了，决定留级一年，没有任何理由。对蒙古的向往，在背后推了我一把，让我采取了行动。

不过，无论给人多么强烈的大草原印象，蒙古的玄关乌兰巴托终究还是个大都会。怎么样才能从那里出发，找到在草原搭建蒙古包的游牧民族呢？何况，他们每天都要讨生活，从事游牧工作，一个陌生人不请自来，他们应该不会欢迎吧？这种事可能只有电视节目才办得到。

然而，我还是去了蒙古。

从首都乌兰巴托搭三天的车、骑两天的马，去接近西伯利亚的地方，与查坦族一起生活了大约十天。查坦族是少数民族，以游牧驯鹿维生。

那里被称为泰加区，就是泰加林气候的泰加，在没电、没水、什么都没有的深山里。放眼望去，四周都是游牧中的驯鹿群。在那里生活时，吃的都是熊、或松鼠、或山猫、或驯鹿。

我即使很想去蒙古体验游牧民族生活，却也没什么门路可找。怎么去库苏古勒湖再往西走，在几乎靠近俄罗斯国境的深山，与驯鹿一起生活呢？

E-mail 是这件事的开端。

"我很想独自去蒙古，跟素不相识的游牧民族一起生活。这种事在现实上有可能吗？请给我指点。"

我非常冒昧地写了这样的 E-mail，给经营蒙古网站的管理员。

很快隔天就收到了回信。

"不可能，没办法。"

我多少料到会是这样的答案，所以不是太失望，但回信最后还附上了奇妙的一段话。

"我先生要去蒙古泰加研究萨满教徒，你要跟他一起去吗？"

泰加是什么地方？萨满教徒又是什么呢？是巫师吗？是卑弥呼吗？现在还有那种人吗？跟他去？是要去哪里呢？

在问号的狂风暴雨中，我盯着 E-mail 看。可是不管重复看几次，仍一头雾水。

没办法，我毅然打电话给管理员，老实告诉接电话的女性管理员，我收到了回信，但是看不懂信中的意思。

"哈哈，果然看不懂。"从电话那端传来超开朗的豪迈笑声。

她为我详细地解说。原来真的是管理员的先生在蒙古研究萨满教，今年夏天要去泰加做田野调查。顺带说明一下，"泰加"是针叶树林带，听说在蒙古语中就是"森林"的意思。

"那么，你是在信中问我要不要去吗？"

"嗯，是啊！"

"我可以说去就去吗？"

"可以啊！"

"泰加在哪里？"

"从首都乌兰巴托大约要坐一天的车，再骑半天左右的马。"

"你去过那里吗？"

"没有，没去过。可是听我先生说，是个快乐的地方。"

素昧平生的女人，贸然邀请素昧平生的男人去旅游，目的地还是从来没听过、没见过的"泰加"。我默默思索了一会，缓缓开口说："好，我去。"

究竟要去什么地方、跟谁做什么？这些重点我都还没搞清楚，就决定踏上旅程了。年轻就是这么可怕!

两个月后的九月,取得签证我就飞往蒙古了。

结果泰加是在山高水远的地方,要坐三天的车、骑两天的马才能到,跟那位女士的说明大有出入。贯穿草原的道路没有铺过,凹凸不平。我们搭乘破车,哐啷哐啷摇来晃去地行驶在那条道路上。道路中断后,换骑马踏破荒凉如火星的下雪的山岳地带。从乌兰巴托出发五天之后,才抵达泰加深处,驯鹿三两成群的查坦民族居住处。

以下是在蒙古的实况记录精华,摘自当时的旅行日记。

九月九日　早上五点从乌兰巴托出发前往泰加

"听说泰加的环境十分严酷,非常寒冷。我们要去找的查坦族,不是生活在蒙古包,而是在山中搭建称为'撮罗子'的圆锥形移动式帐篷。隐约可见帐篷浮现在大雪中。在蒙古语中,将驯鹿称为'查',而以游牧驯鹿维生的少数民族叫查坦族。N先生(那位女士的先生)就是在研究至今仍流传于查坦族的萨满教。"

九月十日　整日开车前进,投宿途中的陌生蒙古包

"蒙古很干燥,不洗澡也没关系,可是头好痒,好想泡澡。太阳下山就停车,到孤立在草原上的蒙古包请求借住。在没有住宿设

施的大草原，收留陌生的旅客，据说是蒙古自古以来的习惯。蒙古包里没有灯。一家人都聚集在室内，却没有人会在黑暗中出声说话。我们一行人进入蒙古包，才在主人前面点上了一支蜡烛。一张张的脸浮现出来，有五个小孩躲在父亲背后，屏气凝神地盯着我们看。好暗，以前的日本当然也是这样。在黑暗的蒙古包里，我们喝了连颜色都看不清楚的饮料，吃了很像乌龙面的东西。把睡袋铺在地上睡觉，隔天早上四点起床出发。"

九月十一日　整日开车前进，投宿途中的陌生蒙古包

　　"坐车坐得好累。躺在借宿的蒙古包里的地上睡觉，是一天中最快乐的事，因为可以做梦。昨天梦见了松田圣子。我不喜欢她，但还是很高兴。今天会梦见谁呢？"

九月十二日　不能再开车前进，为取得马入山，花了一整天的时间交涉

　　"在乌兰巴托也没水洗澡，所以前前后后共五天没洗澡了。在身体上抓痒，指甲就变黑了。"

九月十四日　天气转坏，不适合入山，隔了一天才骑马出发

　　"我们的羽绒夹克会发出摩擦声，马儿听不习惯，吓得发癫。

才从草原出发，A先生（N先生的助理）就被狂奔的马甩了下来，两次都是头先着地，摔得很惨。这可不是闹着玩的。我满脸苍白，心想换成是我，死挺挺的！

所有人逐一坠马。听到哒哒哒的马蹄声从山路后面传来，我转头看怎么回事，就看到马已经把主人N先生甩出去，往这边冲过来。A先生因为蜜蜂在马耳边嗡嗡叫，被抓狂的马甩出去，撞上了树木。我的马也在陡急的斜坡上突然发疯，我虽然变成了拿破仑的姿势，但侥幸没摔下马。我还可以嘛。

后来我才知道，我的马比其他马迟钝，而且懒惰、惹人厌。走没多久，就会停下来吃草。遇到陡急的斜坡就停下来、遇到河川就掉头走，想避开所有艰难的状况。最气人的是，完全不把我放在眼里。

蒙古马鞍不合身，脚踝、膝盖、大腿内侧、腰、背、肩膀全都在痛。下马休息时没办法马上站起来，也走不动。蒙古人看到我这样都在笑。"

九月十五日　抵达泰加

"很难相信负责带路的蒙古人，跟我们一样是人。气温接近零下，他们却袒露胸膛骑马。我要操纵一匹马都有困难，他们却可以同时操纵三匹满载行李的马，快速追过骑在很前面的我，把我远远抛在屁股后面。他们大叫："有熊！"瞬间就拿着枪不知道跑哪去了。他们大概都有 20.0 的视力，可以很快确认前方发生的事。看着他们，我就想到日本战国时代的佣兵。这群人认真打起仗来，不知道有多可怕。倘若他们真的穿越时空回到了过去，连千叶真一[1]都会被秒杀。他们的力量，不同于一般的生物。

我全身痛到受不了，勉强才能骑着马前进，有个蒙古大叔对我说："骑快点！"之类的话，我用日文回他说："我痛得没办法骑。"他就挥起鞭子往我的马的屁股抽下去。马向前狂奔。每次屁股与马鞍撞击，我就大叫："好痛、好痛、好痛。"蒙古人听到我哀哀叫，很开心地拍着手。我好想杀了他们！

经过六天五夜的旅程，终于见到泰加的查坦族，不用再骑马了。泰加是蓊郁的森林，针叶树林繁茂，地面密密麻麻铺满青苔般的东西，昆虫嗡嗡拍着翅膀。到处都是驯鹿，不时发出叫声。才刚到，就开始搭建称为撒罗子的圆锥形移动式帐篷，然后劈柴准备煮晚餐、到河边汲水、生火，一直忙到睡觉。

很久没洗澡了，我也无所谓了。

就这样，我开始了梦寐以求的游牧民族生活。

1　日本演员、歌星、体操选手、空手道家、经纪公司老板、导演、制作人。

遥远的蒙古——后篇

在蒙古语里，驯鹿称作"查"。

住在泰加区的查坦族，是"饲养驯鹿之民"的意思。

驯鹿喜欢寒冷的地方，很符合跟圣诞老人住在一起的形象。夏天时，为了追求冰冷的空气，它们会躲进深山里。查坦族也会跟着它们迁移，所以我们必须从山麓骑马骑很久进到山里。

住在森林里，全身覆盖着松软白毛的驯鹿，从远处看，很像伫立在深绿森林里的妖精。然而，它们其实是一群无可救药的笨蛋。

驯鹿喜欢吃盐巴。查坦族会用盐巴来喂养驯鹿。驯鹿为了得到查坦族每天喂养的盐巴，就会在原地停留。

在这里，我都是去站在没人的针叶林树下小解。

这时候，在我四周呆呆地杵着的几十头驯鹿，就会同时望向我。我一站到树前，它们就知道我要做什么了。当我解开牛仔裤的腰带时，它们就会开始移动，笨重地走向我。

驯鹿的监视之眼遍布各处，我想躲开它们的视线，在这片森林里小解，是不可能的事。我只要哗啦啦尿在泰加的肥沃大地上，靠过来的三头驯鹿就会从左右把我紧紧围住。它们轮流探出头来，侧着脸陶醉地淋着黄色尿液。我只能无奈地看着它们那副模样。

没错，这群"盐巴"中毒者，连小便里的盐分都不肯放过。"大大"的时候就更不用说了，蹲在树荫下的我，会被十多头驯鹿团团围住。它们还会把头钻进我胯下。说得夸张点，根本没办法好好上个厕所。

对人类来说，最富足的生活，就是自给自足的生活——我抱着这种自以为是的想法，奔向了蒙古。

晴天耕种，雨天读书，过着平静、身心健全、风雅、优雅的环保生活——我怀抱这样的梦想，来到蒙古。

这样的我好蠢。真的太蠢了！

实际来到蒙古后，我做的不是观光、不是旅行，而是劳动。

平淡地工作一整天。为了什么？为了吃饭。

早上起床，一定要吃早餐。我们在气温将近零下的帐篷里生火，煮开水、烹调食物。食材是在乌兰巴托大量采购，靠马搬运来的。肉类是用在泰加买不到的面粉和砂糖换来的。查坦族是靠打猎取得肉类。下雪时，查坦族就背起枪，骑着驯鹿去打猎，因为动物的足迹会留在雪上。查坦族骑着白色驯鹿，摇摇晃晃消失在大雪中的光景，根本不属于这个世界。

吃完早餐，就开始准备午餐，要去河边汲水、劈柴准备燃料。

用锯子从被砍倒、晒干的粗大圆木，锯出四十厘米左右的木头，再用斧头劈开。

然而我是个无能的日本人，什么事都做不好。锯子没办法锯得稳，斧头也没办法直直砍下去。初中左右的查坦族女孩子们，起初笑眯眯地看着，最后也终于忍不住发火了。

"啊，笨手笨脚，烦死人了，看不下去啦！"

她们抢走锯子，示范给我看。

"要这样锯，懂吗？"

吃完午餐，还要继续劈柴。我边汲水，边听孩子们说话，比如某棵树上的伤痕是熊的爪痕之类的事，很快就到准备晚餐的时间了。

这里当然没有电，太阳高挂的时候，就是人类的活动时间。在日照时间中，三小时用来吃饭，三小时用来煮饭，两小时用来劈柴、汲水。几乎所有时间都花在三餐上。有时会出远门去挖百合根，或去摘莓果类做成果酱，花在三餐的时间就更多了。

不过，在劳动工作之后吃的饭，怎么会那么香呢？食材明明有限，却美味得叫人难以置信。吃完没多久，肚子就饿了。因为肚子饿，只好再劈柴，准备下一餐，顺便跟小朋友玩。

我不会说蒙古语，白天没办法在查坦族的帐篷、喝着咸奶茶跟大人们天南地北唠嗑，只能跟七八个小孩玩在一起。

我们玩永远玩不完的躲猫猫，抓到松鼠就一起演出剥皮秀，晚上点着蜡烛开绘画课、上蒙古语课，没有半点独自安静思考的时间。

在泰加生活几天后的某个下午，我忽然领悟到一件事。

所谓自给自足，并不是什么都不用做的生活。而是必须经常活动身体，持续不断做些什么的生活。况且，我们的食材都是买来的，根本不是什么自给自足。如果还要做游牧的工作，不就连游玩的时间都没有了？

回到古老时代的生活，我终于有所体会。

我们的祖先勤奋打造现在的社会，就是为了把个人差异缩小到最低限度，让手无缚鸡之力的人、体弱多病的人、不擅长应付动物的人、不喜欢耕作的人，都能维持某种程度的生活水平，获得某种程度的闲暇时间。像我这种否定祖先的成果，梦幻地说要寻找自我的人，着实愚蠢至极。

像我们这样的人，根本只能活在现今社会。在泰加大约十天的生活，让我见识到我们与蒙古人之间，存在着望尘莫及的生活能力差异。也就是说，同样身为人类，生存力却迥然不同。我在日本时一心想成为蒙古人的虚浮愿望，彻底被粉碎了。我对曾经怀着这样的想法感到羞耻。

与照顾我们的查坦族家人告别，踏上归途的早晨，老实说，将要回到属于自己世界的快乐，远远胜过离别的哀伤。天空、山岳、森林等泰加的土地之美着实无可比拟，但还是比不上即将回日本的安全感。

也就是说，我彻底败给了蒙古这块土地。

现在看到杂志上有人说"向往蒙古草原的生活"，我的心情就很复杂。总觉得那句话是在谴责以前的自己，浑身上下都不自在。

以前我对蒙古的憧憬，背后似乎潜藏着从那片雄伟的大草原风景衍生出来的"好像很容易生活"的自我想象。其实，游牧民族的生活非常艰苦，肚子也很容易饿。说白一点，日本人在游牧民族中根本"活不下去"——因为什么工作都做不来。

从蒙古回来后，我再也不敢妄想成为游牧民族。蒙古不再是我向往的地方，因为我对那里有了认识。

有句话说，向往只要埋藏在心底就行了，这句话说得一点都没错。

不过，我带回了天大的事实，那是在蒙古邂逅的驯鹿告诉我的。

在泰加，终日都被驯鹿包围，我总觉得这些喜欢小便的动物，好像就要开口对我说些什么。它们总是一脸呆样，实际上应该也没在想什么。可是那双空洞的眼睛，反而像是看透了一切。

"我知道，你们其实会说话吧？"

某天我边小解边对驯鹿说话。这些平常只会发出"啵"声的驯鹿，边用侧脸淋着尿液，边做出什么样的反应，是我和它们之间的秘密。

在那个地方，驯鹿被称为神的使者。不可思议的是，日本也有被称为神的使者、长得又跟驯鹿很像的生物。

七年后，我把当时驯鹿在泰加告诉我的事写成了一本书，只是把驯鹿换成了那种生物。

我对蒙古曾经有过的向往，又乘着风，以完全不同的姿态回来了……

飞往奈良之地。

"从小处着手，孜孜不倦地累积。"

众所皆知，这是西川洁[1]的名言。直到最近，我才体会到这世间的真实。

无论任何事，累积都非常重要。最近我终于知道，没有那种派不上用场的经验。

比方说，大学时代，正当我要关上租屋处的窗户，看到纱窗上

1　日本搞笑艺人，曾任参议院议员。

有黑色的物体。当我惊觉"啊，有东西"时，右手已经做出关窗户的动作。再猛然回神时，那个黑色物体受到惊吓，从纱窗飞起来，狠狠撞上了我的额头。

从那瞬间，我就跟蟑螂结下了深仇大恨。我把这种深仇大恨一五一十描写出来，居然大受欢迎。原来当时我眉间受到的 G 震撼，并没有白受。

又比如，初中时期，班上经常为下课后轮到哪一组打扫而争吵。原本交由学生自行决定的导师，在一个小时的班级会议后，也失去耐心，动用了强权，对我们说："那么，今天就由第一组打扫！"

学生们不服这样的决定，又吵了起来。有个平常沉默寡言的男同学，突然站起来大叫："要买火腿[1]，就去肉店！"

大家都听不懂他在说什么，教室顿时一片寂静。了解他话中蕴含的高度幽默后，欢声雷动，一扫教室里的杀伐空气。第一组的人们散发出"哎，就打扫一天吧"的不可思议的和睦氛围。

我当时是第一组，幽默带来的极大效果，深深撼动了我。原本以为只会白白浪费时间的班级会议，竟然成了伟大的教师，教会我们幽默的重要性。

1　日文的"买火腿（hamu kau）"与"造反（hamukau）"同发音。

把种种蠢事记录起来，我不知道会不会派得上用场。

但是，我想应该跟之前的事一样，绝对不会劳而不获，所以我还是会继续把这些蠢事写出来。

这种工作就有点像慢慢往上增加万步计[1]的步数。

只走几步，确实没什么意义。然而，看着万步计的数字增加，是一种不可思议的乐趣。基于这样的心情，我会再写一篇篇的散文。

不管风吹不吹，我现在就是要写散文。

二〇〇八年三月

万城目学

---

1 日文汉字的"万步计"，意为"计步器"。——编注

后 记

那之后的万步计

　　单行本做成文库本时，作者什么事都不用做，任由以前写的书的尺寸由大变小就行了吗？不，绝对不是这样，作者会收到编辑校过的原稿，必须从头到尾再看一遍。

　　收录在《万步计》里的散文，大多写于二〇〇七年。经过三年的岁月，有些事会让我怀念："啊，有过这种事呢！"有些事则会让我惊叹："啊，已经过了三年？"

　　我发现其中有些事还在进行中，只是逐渐改变了形态，比如《快坏掉的 Radio 电台》那篇。去年，我终于发了 E-mail 给这家广播电台。

　　写稿写到天亮，都没什么进度，心情正烦躁时，一直开着的收音机，传出吃螺丝吃得比平常更严重的女性报道新闻的声音。六年多来，我都贯彻隐忍自重的态度，当个非常绅士的听众，可是这天我终于忍不住爆发了。

　　我慢条斯理地面向计算机，尽我最大的努力注意遣词用字，以免伤害对方、惹恼对方，但同时也把我想说的话一股脑儿说出来。

"为什么可以持续吃螺丝吃六年呢？奥林匹克都举办过两次啦！"

我写这样的 E-mail，直接宣泄我的不满。

隔天打开计算机，看到广播电台居然给我回信了。

"关于您提出的问题，目前我们已经安排训练课程，每天都致力于播报员技术的提升。今后也请多多指教，继续给予支持。"

从字面来看诚意十足，但从内容来看，意思显然是会维持现状。

现在，我每天晚上还是边听这个电台的广播边写稿，听了一年也没听出他们的训练课程有什么成果，照吃螺丝。尽管如此，我依然是个沉稳、绅士的听众。最近，我听到他们诚征电台吉祥物昵称的消息。我还没看过实物，但真的很想投稿应征，如果是女性吉祥物就称为"螺丝子"，男性就称为"螺丝王"。

再来看其他现在进行式的事件，首先就是"笃史 My Love"。

由于这篇文章的关系，我开始在月刊杂志连载。主题是《这个月的渡边笃史》，我要全神贯注定时观看《建筑探访》并写下我的感想。就在这种不知节制的狂热策划下，我连续写了一年的散文（收录在《万游记》中）。最后还投稿给纪念《建筑探访》播放二十年的特集《渡边笃史的建筑探访 BOOK》。

这时，编辑邀我说："可以去看现场拍摄喔！"

我心如刀割地拒绝了。

对我来说，笃史是个明星。虽然"想见他、想听他说话、想认识他"的迷恋之心骚动不已，但我还是希望笃史待在画面里，永远是我遥不可及的明星。因为对笃史有着永不退烧的热情，所以我这个礼拜当然还是会收看《建筑探访》。我由衷期盼，哪天他会从个人建筑的探访跳脱出来，开始探访被指定为重要文化财产的名建筑。我一定会去参观三次！

而关于《御器啮战记》，我现在已经搬出楼下都租给餐饮店的杂居公寓，所以撞见那些家伙的几率就一举降低了。可是，去年刚搬进去的住处，那些家伙还是很有礼貌地来向我宣战。我从瓦斯炉拿起平底锅时，就看到了一只。它面向出火的部位，站在从四方突出来的铁架前端，像四季剧团的《狮子王》那样，仰起上半身，高高抬起长长的触角，仿佛就要发出"呴嗡——"的大象叫声。

我惊声尖叫，跑去拿杀蟑剂。假如是在歌剧表演中，它应该正唱到最畅快的时候，我就狠狠喷向了它。

与那些家伙的战争，今后恐怕也会持续下去，直到彼此死去吧？

最后，我要来聊聊开头写的《发想跳跃》的后续。

去年二月，我见到了送我汉字练习本当最优秀奖奖品的老师。基于杂志特辑采访的需要，我回到母校，听到从高中毕业以来，已经十六年没听过的老师的声音（收录在二〇〇九年五月号的杂志《野性时代》）。

我在就读时还是男校的母校，现在变成男女合校，也没有用来上"技术"课的农园了。如果再发生《周四的第五堂课　地理公民》那样的事，恐怕面临的不会是当时的"荣光之路"，而是严酷的"荆棘之路"。时代确实在逐步变迁中。

在重建得漂漂亮亮的图书馆里，我跟说有变好像有变、说没变又好像没变的老师，聊起以前的事。说到"发想跳跃"时，老师帅气地说："万城目同学，我不记得给过你奖品。"

说得斩钉截铁。

我觉得这样很好。老师会丢给学生种种的东西。要捡起来、要闪躲、还是要丢回去，就看学生自己了。我是漫不经心地捡起来，在五年后的某一天，突然想对着天空扔出去。

那之后我与老师也有书信往来。我女儿出生时，老师写了短歌送给我。我把我的书送给图书馆，当作回礼。老师拜托我哪天回学校对学生演讲，我没有给予肯定的答复，一直在逃避。

跳得很保守的万步计，今天也咔叽咔叽数着步数。

只要还听得见那个声音，今后我就会继续写散文。

二〇一〇年七月

万城目学